PARLER DE CES CHOSES-LÀ, UN PEU OLÉ-OLÉ, C'EST PAS LE GENRE DE LA MAISON

Eliane Serre.

ELIANE SERRE

LE GENRE DE LA MAISON

ROMAN

HarperCollins
TRAVERSÉE

HARPERCOLLINS FRANCE

83-85, boulevard Vincent-Auriol, 75646 PARIS CEDEX 13

Tél. : 01 42 16 63 63

www.harpercollins.fr

ISSN 979-1-0339-1652-9 — ISSN 2724-9972

— Mais enfin, pourquoi t'as voulu faire ça ?
— Je me suis dit que c'était une bonne idée.

Pour B. H.

Sa mère

J'attends. Je tousse et j'attends.

François et moi, nous nous sommes mariés le 24 mai 1987. Un an et cinq mois avant la naissance de Gabrielle. Le père Chenut officiait à l'église Saint-Dominique, en bordure de l'Écusson, à Nîmes. Notre quartier, notre ville. Le père avait mauvaise haleine. Mes beaux-parents avaient demandé que ce vieil ami du grand-oncle évêque de mon mari nous marie. Le père Chenut et le grand-oncle évêque de mon mari s'étaient connus au séminaire.

Les huit mois qui ont précédé la conception, nous ne l'avons pas fait une seule fois. Avant le mariage déjà, je ne voulais pas le faire. François était gentil. Il trouvait ça normal. Il trouvait ça bien. Il comprenait. C'est un homme très droit. Après le mariage, je ne voulais toujours pas le faire. Je savais qu'il fallait passer à la casserole. Je ne voulais pas. Il disait : « Tu te rends compte que je me suis réservé ? » François restait gentil. Il ne trouvait pas ça normal. Il ne trouvait pas ça bien. Il ne comprenait pas.

Nous avions emménagé dans un petit appartement militaire à Roumare, en Normandie. Le temps que François termine sa grande école. Ensuite, il avait promis que nous reviendrions à Nîmes. Le plus près possible de l'église où nous nous étions mariés. Dans le quartier de nos deux familles.

Un soir, il n'est pas rentré. J'ai attendu. J'ai préparé un repas simple. J'ai allumé la télévision pour regarder les informations. Au fond, j'ai fait comme s'il avait été là. J'ai mis le couvert pour deux et j'ai mangé seule, en fixant son assiette vide et une émission qui m'intéressait. C'est au moment d'aller me coucher que j'ai vu qu'il avait laissé un mot sur notre lit, sur mon oreiller. François est un homme organisé. Le mot disait qu'il n'en pouvait plus. Qu'il avait pris des billets pour Montpellier, qu'il y resterait quelques jours seulement. Nous n'avions aucune famille à Montpellier. À Montpellier habitait ma grande amie Laurence. J'ai compris ce qui allait se passer. Elle était encore célibataire à ce moment-là, et François lui avait toujours plu. À la fin de la lettre, il me donnait la date et l'heure du train retour. Que je puisse l'attendre sur le quai, j'ai supposé. Je me rappelle que c'était un horaire de fin de journée et m'être dit : je pourrais aller l'attendre. Ou rester ici et préparer un repas, que ce soit encore chaud quand il rentrera.

La semaine qui a suivi son retour, nous avons conçu Gabrielle. Je devais le faire. C'était ça ou perdre mon mari.

On ne doit surtout pas. Perdre son mari.

François a terminé son école. Il en est sorti diplômé et on lui a attribué un poste dans l'armée. Il n'était pas destiné au terrain, à l'opérationnel, mais à une carrière de bureau. Contrairement à mon père, lui ne serait pas muté tous les deux ou trois ans. Nous pouvions donc retourner à Nîmes et nous y installer durablement.

J'attends. J'attends dans une salle d'attente prévue à cet effet. Comme chez notre médecin, à la différence qu'il n'y a aucun magazine. Ni magazines ni brochures. J'attends pour reconnaître le corps de ma fille. La deuxième. Ma cadette. Ma fille Gloire.

J'ai toujours cru qu'on disait « morgue ». On dit « institut médico-légal ».

Sa grand-mère

C'est pourtant pas la bonne femme du plateau de 18 heures ? On nous nourrit comme des volailles ici. Horaires de poules. Ce n'est pas elle, non. Celle-ci, c'est une petite jeune, une récente. Loin d'être une garce. Au contraire, elle m'est sympathique. Foutue au moule. Poitrine haute, la jambe fuselée, des fesses. Je peux le voir à travers sa blouse. Moi, je n'ai plus de fesses. Elles sont devenues flasques, je le sens quand je me gratte le psoriasis. En plus, elle me parle correctement. D'autres s'adressent à moi plutôt comme à une demeurée. « J'ai toute ma tête », j'aurais envie de leur dire pour les épater. Mais je ne peux plus. J'ai arrêté de parler. Il m'arrive de dire « oui » et « non » avec les yeux ou des hochements de tête. Le minimum syndical. Cela m'a permis d'éviter qu'on continue de me servir du café le matin alors que j'ai toujours eu horreur de ça. C'était la boisson de Norbert, mon mari. Moi, je suis une buveuse de thé. Thé noir. J'y ajoute une goutte de lait. Comme les British.

C'est l'histoire de trois Anglaises, femmes d'officiers comme moi, à l'heure du *tea time*. Leurs maris viennent d'être mutés dans une garnison française, alors elles se réunissent pour apprendre la langue. La première mélange son thé au lait avec sa *spoon* et elle la montre à ses copines. Elle demande : « *Spoon* en français, j'ai oublié, c'est féminine ou masculine ? » La deuxième répond : « Darling, c'est féminine ! Mon mari dit toujours : *J'ai lavé ma queuehier.* » La première fronce les sourcils, elle rectifie : « No, no, no, c'est masculine. Mon mari, il dit : *J'ai lavé mon culhier.* » Là, c'est la chute, parce que la troisième Anglaise les interrompt : « Vous vous trompez toutes les deux. *Spoon*, en français, c'est toujours pluriel. La preuve, mon mari dit toujours : *J'ai lavé mes couilleshier.* »

C'est une blague qu'il faut raconter avec l'accent. L'accent british. Je connais mes classiques. Elle ne peut pas le savoir, la petite jeune. Quand je ris – j'essaye de me retenir mais c'est difficile, parce qu'elle est vraiment bonne, celle de la cuillère –, elle doit penser que je n'ai plus toute ma tête.

« Madame Navarro ? » Sa main fraîche, presque froide, posée sur la mienne. Ça fait quelques semaines seulement qu'elle s'occupe de mon étage en *secteur protégé*, à Durfin les Alizés, la maison de vieux où m'a foutue ma fille. Ma fille Aude.

« C'est Khadija. Madame Navarro, vous m'entendez ? Madame Navarro ? Je suis désolée. Je suis là pour vous annoncer une triste nouvelle. On m'a chargée de vous le dire moi. Votre petite-fille, c'est-à-dire que vous êtes sa grand-mère. Gloire Brochet. Elle est décédée. Dé-cé-dée. C'est pour ça que je suis là. Madame Navarro ? »

Elle est bien foutue. Mais elle fait un peu oiseau de malheur, faut reconnaître.

Sa sœur

J'ai posé un jour pour l'occasion. Pour les parents, ils vous le donnent. Pour la mort du conjoint aussi, je suppose. Mais la sœur, ça rentre pas dedans. « On le donne pas », elle m'a fait, la RH, quand je l'ai appelée, « faut poser ». J'ai cherché mes codes dans mon doc Word « Top secret », je me suis connectée à la plateforme VIRÉE. Les concepteurs ont dû penser : « Virée », ça fait virée au bord de mer. Mes employeurs des Jardins d'IDUN sont danois. C'est important la mer, pour les Danois.

Une fois connectée, j'ai compté et dû admettre qu'il ne me restait pas grand-chose. J'avais bouffé du RTT. J'ai sélectionné le jour, qui s'est affiché en bleu sur le calendrier en ligne, et attendu que ma cheffe valide. Moins d'une heure plus tard, j'ai reçu une alerte dans mon Outlook. *VOTRE ABSENCE EST VALIDÉE.* C'était accompagné d'un smiley bleu extatique. On ne meurt jamais un bon jour, mais l'enterrement, ça au moins, c'est possible de le caler, j'ai pensé.

Comme ma mère se chargeait de tout, choix du cercueil, playlist funèbre, je lui ai envoyé un texto :

L'incinération ça peut se faire en fin de semaine, un vendredi stp ?

Elle n'a réagi qu'au mot « incinération », comme quoi il était impensable de faire brûler ma sœur comme un crustacé, qu'on allait lui organiser un enterrement avec mise en terre classique. J'ai préféré ne pas lui répondre que, les homards, on les fait plutôt bouillir. De toute façon, je n'avais pas le temps de me lancer dans un duel de SMS, j'étais trop concentrée sur la rédaction d'un de mes feuilletons-cul à rendre dans une semaine. Tilda, ma boss, ne plaisantait pas avec les deadlines.

Ma Gloire, ma Lolo, je ne sais pas où elle puisait son humour. Quand les pompiers l'ont trouvée, elle avait un paquet de tisane entamé à côté de son pieu. Les sachets qu'elle faisait infuser pour prendre ses médicaments avec. Elle a avalé le tout à grandes gorgées de « Nuit calme ».

J'ai posé un jour pour l'occasion. Maintenant j'ai le cul vissé sur un banc de l'église Saint-Dominique, du genre fidèle parmi les fidèles.

Lolo a réussi son coup. Elle s'est tirée.

Mamie dirait : « La garce. »

Sa mère

Un parent est appelé par un inspecteur de police. Le parent doit reconnaître son enfant à la morgue. L'enfant a une étiquette accrochée au gros orteil, avec un numéro, son prénom et son nom de famille marqués dessus. Comme pour identifier une valise dans le TGV. Aucun titre ne me vient à l'esprit mais j'en ai vu, c'est sûr, des scènes de ce genre, dans des polars. François nous avait pris un abonnement à Netflix.

Depuis deux jours, j'entends des phrases de télévision qui existent dans la réalité aussi : « Ce n'est pas dans l'ordre des choses. » « On ne devrait jamais avoir à faire ça. » « Ce ne devrait pas être le rôle des parents d'enterrer leurs enfants. » « Il n'y a rien de plus douloureux, pour un parent, que de perdre son enfant. » Je n'arrive pas à répondre, je ne sais pas quoi répondre. À la place, je tousse.

J'espère que je ne vais pas avoir droit à un formulaire. Dans un endroit pareil, tout est possible. Pour le moment, je n'ai rien eu à remplir, mais j'ai bien peur que, à la clé, on ne me laisse repartir qu'à condition de remplir un formulaire. *Profession de la mère ?* le formulaire demandera. Et il faudra répondre.

Mon nom est Aude Brochet. AUDE. BROCHET. Je suis venue voir ma fille Gloire. Le corps de possiblement ma fille, GLOIRE BROCHET. Parce que ma fille, Gloire, est possiblement morte.

La nana ne fait pas le geste de sortir le cadavre d'un tiroir très long, creusé dans le mur, comme je l'ai vu dans des films. Le corps est déjà disposé sur la table. Sur un chariot plutôt, monté sur roues, couleur inox. Le corps est sorti mais encore recouvert d'un tissu blanc pas net. Ça fait un peu cracra.

J'aimerais que la nana se taise. La nana qui va me montrer ma fille morte. Elle va devoir parler pourtant, me poser des questions pour la forme. Je vais devoir y répondre.

Je déteste les questionnaires. Ils me font me sentir seule. Dans ce genre de traquenard, on finit toujours par vous demander quel est votre métier. La case « sans profession » vient toujours très en bas sur le papier. Et si c'est un formulaire en ligne, il faut aussi descendre très en bas, pour trouver la bonne case. Celle qui me correspond.

Les questionnaires que remplissaient les autres m'ont fait me sentir seule aussi. Gabrielle, encore en CE1, était rentrée de l'école, fière d'avoir complété elle-même la première page de son carnet de correspondance. Elle savait écrire. Je m'appelle. J'habite à. Je suis en. Quel métier exerce mon papa ? Quel métier exerce ma maman ?

Comme elle ne savait pas quoi répondre me concernant, la maîtresse l'avait aidée. « Quand tu penses à ta maman, tu penses à quoi ? Qu'est-ce que tu la vois faire le plus souvent ? Tu vois que tu sais ! » Profession du père ? *Militaire.* Profession de la mère ? *Femme de ménage.* Elle a préféré me donner un métier plutôt que rien.

La nana attend, une main gantée en haut du sac. Ce n'est pas un simple drap comme je le croyais. C'est un sac, traversé en son centre par une fermeture Éclair. Comme sur les housses que j'avais achetées pour protéger les costumes d'hiver de François contre les mites. Ces connasses de mites qui vous bouffent la meilleure qualité de cachemire. Il n'y a rien de plus efficace que la naphtaline contre les mites, mais la naphtaline est interdite. Ils ont ouvert une annexe du Grand Bazar nîmois dans le quartier de l'Écusson, où j'habite. La boutique mère est au faubourg Gambetta. En insistant un peu, ils en trouvent toujours dans leur réserve, des boules à l'ancienne. Une seule d'entre elles vous tuerait une classe entière.

Sur les vestes de mon mari, j'ajoutais des tissus de couleurs vives aux poches extérieures, pour égayer. On appelle ça « pochettes de costume ». Ça fait moderne.

J'ai une quinte de toux qui se déclenche. Une grosse. J'ai mal dans la gorge et au cœur.

C'est de voir ce qu'ils ont fait. Ce qu'ils ont fait dans cet endroit. Comment on l'a rangée dans cet endroit.

Gloire. Ma Gloire. Ma fille. Ma fille dans une housse à vêtements.

Sa sœur

La première crise, Lolo avait seize ans et moi dix-huit. On était seules pour le week-end. Les parents nous avaient encore fait le coup du besoin de nature – partons marcher dans les Cévennes, lever des champis et dormir dans un gîte. Petites, on les accompagnait pour faire des bouquets de jonquilles, à la même période. Mais à nos âges, on préférait rester à l'appart, rue de la Madeleine.

C'était le matin du dimanche, je me brossais les dents au-dessus du lavabo de gauche de la salle de bains. Lolo, à droite, se regardait dans le miroir et répétait : « Suis trop canon, suis trop trop canon, suis tellement canon », en couvrant la bosse de son nez avec deux doigts pour la cacher. Parfois, elle interrompait son manège pour me raconter sa nuit avec Soufiane. J'étais un peu triste vu que Soufiane Kadri de la terminale S me plaisait bien et qu'elle le savait. Elle continuait de s'envoyer des compliments qu'elle attrapait au vol dans son reflet. J'ai dû faire une remarque. Encore maintenant je ne suis plus sûre de ce que j'ai dit. Ça devait être : « Je comprends pas pourquoi tu couches comme ça en désordre, à gauche à droite. » Quelque chose de cette eau.

Elle m'a foutu une gifle, forte. Je n'ai pas eu le temps de chialer ou de l'insulter en réplique. Il n'y a pas eu de moment de latence. Elle a hurlé. Hurlé hurlé hurlé. Des hurlements. Et puis elle a secoué les bras. Sans ordre – cette fois pour de bon –, le bordel, ses bras. Elle est restée très pâle, pas du tout rouge comme moi. Mais c'est vrai qu'on n'a pas le même teint. Elle a dit : « Je vais me jeter, je vais me jeter. »

D'abord j'ai pas compris la phrase, et puis je l'ai comprise. C'est l'inconvénient des apparts avec terrasse. Elle voulait ouvrir la porte-fenêtre et se jeter dans le vide de la rue. Je l'ai suivie et j'ai entouré sa taille avec mes bras. Pas malin parce que j'ai pris des coups. Sans doute, avec l'habitude, on apprend à retenir les corps par d'autres endroits. Elle bougeait beaucoup. Mais j'ai tenu bon, je l'ai ramenée en arrière à l'abri et j'ai réussi à refermer la porte-fenêtre, je ne sais plus trop comment.

Tout ce cirque s'est passé en silence, je m'en suis fait la réflexion après coup, quand elle s'est endormie, à même son dessus-de-lit. Après les hurlements de la salle de bains, ses gesticulations pour mourir ont duré longtemps mais sans un bruit. Elle n'avait plus besoin de crier ou de parler. Ç'aurait été pour ne rien dire. On savait bien ce qu'elle voulait, toutes les deux.

J'ai ouvert la porte de sa chambre pour vérifier qu'elle ne fasse pas semblant de dormir. Elle s'était enveloppée dans le couvre-lit. On en a un chacune, un patchwork cousu par mamie pour nos naissances et qu'on garde toute la vie.

Le patchwork, c'est l'équivalent de cuisiner des restes mais en version tissu.

Sa tête bien calmée dépassait des carreaux de couleurs vives et je lui ai trouvé un air de chiot dans son panier, crevé à force d'avoir couru après le bâton. Elle s'était endormie avec ses écouteurs. L'un pendait. Je n'ai pas pris le risque de m'approcher. Ça devait diffuser du Lorie Pester.

Quand les parents sont rentrés de leur échappée champêtre, j'ai tout raconté à ma mère, en enlevant la dimension baise de l'histoire. Elle a demandé : « Tu ne forces pas un peu le trait ? »

Sa grand-mère

Je ne vois plus l'intérêt de parler. J'ai eu mes vingt ans de liberté. Depuis la mort de Norbert. Vingt ans, c'est long. J'en ai bien profité. Mon mari est mort en 2000. J'ai rencontré Roger en 2013. Mon bon ami. Il m'a fait du gringue tout de suite. Qu'est-ce qu'on s'entendait bien… Mais chacun chez soi : j'avais imposé mes règles du jeu. Quand on a été mariée à seize ans, qu'on a vécu toute sa vie avec un homme, il y a des choses qui deviennent intenables. Je ne pouvais plus, je ne voulais plus d'une présence aux crochets de ma vie. Je voulais la mienne, de vie, ma solitude pour en jouir. Roger a compris, il a accepté. Dans le fond, je sais bien qu'il aurait rêvé de se recaser avec moi de manière plus conventionnelle.

En 2018, il m'a annoncé sa mauvaise nouvelle, ce foutu cancer. Le pauvre. Il n'a vraiment pas eu de chance. Il venait juste d'engager des frais pour son jardin, dans sa maison à Beaucaire. À moins d'une heure de bus depuis Nîmes. Ça se comprend qu'on veuille un jardin entretenu quand on habite sa maison à l'année. Une belle propriété. Je me rappelle cette balancelle qu'il avait achetée pour qu'on puisse s'y installer après le déjeuner et regarder le paysage. Il touillait son café comme j'avais vu mon mari le faire avant lui. Ça descendait vers les coteaux. De temps à autre, on voyait passer un chat taché comme une vache, maigroulet. Au bout de cinq mois, le chat a disparu. Et Roger est mort peu après. Comme qui dirait une coïncidence. Un cancer dans le genre fulgurant. Qui vous emporte, pas le temps de dire ouf.

Après ça, je n'ai pas vu l'intérêt de continuer à parler. À répondre. À quoi bon ?

Un soir devant le poste où je regardais Nagui – c'est cet Arabe très bien qui présente un petit programme où les gens chantent faux, mais alors, quelle mémoire ! –, j'ai pris ma décision. Terminé.

Ma fille Aude est passée le lendemain à l'heure du thé s'occuper de moi. J'habitais juste derrière cette église moche de Saint-Dominique. Comme ma fille et mon gendre. Comme ma petite-fille Gabrielle. Aude me rendait visite à heure fixe, surtout depuis la mort de Roger un an plus tôt, pour vérifier que je ne me laisse pas abattre. Sonder le moral des troupes. Elle m'a trouvée devant le poste, muette. J'ai tenu bon la rampe et, pourtant, Dieu sait qu'elle a essayé de me faire parler.

Ça sortait plus, parce que je l'avais décidé.

Quelques mois plus tard, Aude a organisé mon déménagement ici, à Durfin les Alizés. Je suis logée en *secteur protégé*. Ils devraient dire *secteur surveillé*, ça serait plus juste, mais ça ne passerait pas auprès des familles. Comme si, de ne pas parler, ça me rendait dangereuse. Au moins, j'ai une chambre *single*. On le dit à la british. Une chambre pour les seuls comme moi. Ils m'ont arrangé tout ça avec des meubles à moi, des photos de moi, des aquarelles que j'ai peintes moi, mes petites affaires. Tout mon bazar. Que je ne me sente pas dépaysée.

Le jour de mon arrivée, une dame habillée comme pour un rendez-vous qui rapporte est venue me serrer la pince-monseigneur. Aude m'a glissé : « C'est la directrice de l'établissement, maman. » Elle s'attendait peut-être à ce que je réponde quelque chose, vu qu'elle a une bonne situation. Comme si elle avait été capable de me tirer du son à cause de son importance.

Avec Roger, c'était pas pareil, on avait de grandes conversations.

Roger me manque.

Ma chambre me plaît. C'est Byzance, rien à redire.

Ma chambre a reçu la visite de la jeune fille foutue au moule. Elle s'appelle Khadija, c'est vrai, j'avais oublié son prénom. C'est une aide-soignante, une récente. Elle m'a dit pour ma petite-fille, ma Gloria. Elle m'a regardée longuement et puis elle est repartie, m'a laissée seule, en ajoutant que l'autre allait bientôt se pointer avec son repas pour prisonniers et qu'elle m'allumerait le poste. Que je ne loupe pas mon programme. Aude leur a sûrement donné des instructions ; que je sois bien branchée sur France 2 à heure fixe.

Je ne peux pas lui en vouloir, à la petite jeune. Elle doit faire des visites aux impotentes de l'étage, ces foldingues. Certaines sont des foldingues sympathiques, comme ma voisine Marie-Josée, toujours à organiser la recherche de ses parents depuis sa piaule. Mais celle qui sirote son limoncello de contrebande, c'est une pénible, par exemple. Elle sonne les jeunes filles à des heures indues, je suis sûre qu'elle le fait exprès. Histoire d'emmerder son monde.

Gloire… On a fait mieux comme prénom. Remarque, Jacqueline, dans le genre moche… Mais dans son cas on peut rattraper le coup. Aude n'a jamais aimé ça mais, moi, ma petite-fille, je préfère l'appeler à l'anglaise.

Gloria.

Tout de suite, ça fait vedette.

Gloria.

C'est ma petite-fille. Elle est morte. Elle s'est suicidée. J'essaye de formuler pour moi-même ce que ça me fait mais, puisque je ne parle pas, dire que les mots me manquent, ça ne compte plus.

Sa sœur

Ma mère murmure : « Tu es en dessous de tout. »

L'espace d'une seconde, ça m'inquiète, cette critique jetée dans ma direction, mais je comprends qu'elle s'adresse à mon père. Il arrive avec dix minutes de retard à la messe d'enterrement de sa fille. Faut admettre qu'il n'a rien loupé d'important, il ne s'est encore rien passé, le prêtre s'échauffe, passe les mains sur le micro comme s'il voulait le décalotter. J'ai envie de lui dire, à mon père, qu'il n'a rien loupé d'important pour le moment, mais j'ai soudain comme un doute qui m'assaille : et si rien d'important n'arrivait jamais plus ? Il s'assied à ma droite. Je suis encadrée par mère et père, en enfant désormais unique.

Mon père respire bruyamment, il calme son retard. Je trouve ça obscène, cette respiration forte. Elle me gêne.

Peut-être qu'à l'époque déjà c'est ce que j'aurais dû ressentir, de la gêne. Être gênée, moi, puis dire quelque chose au petit-déjeuner pour les gêner, eux. Les contraindre à changer leurs habitudes. Ils auraient trouvé une nouvelle organisation. Ou ils auraient arrêté de le faire.

Peut-être que j'aurais dû me débrouiller pour ne pas entendre. Mes paumes de mains en conque de coquillage, bien calées sur mes pavillons, pour empêcher le bruit de forcer mes oreilles.

Mais je n'ai rien dit. J'ai écouté. Et, à force d'écouter, j'ai compris.

Ce n'étaient pas les bruits eux-mêmes qui étaient gênants, plutôt leur régularité. Ils revenaient, j'ai d'abord pensé, une fois par semaine *environ*. Je faisais fausse route, parce que j'étais trop jeune, débutante, pas assez méthodique. En réalité, j'ai fini par comprendre, ils revenaient le même jour. Le même jour, à la même heure.

Les premières fois, je regardais l'heure sur mon portable pour en avoir le cœur net. Dans les débuts c'était un modèle à clapet, au collège. On aurait dit que le bruit était né en même temps que mon entrée en sixième, mais il avait sans doute toujours existé, simplement je n'y prêtais pas attention.

J'ai arrêté de regarder l'heure. Ce sont les bruits qui me la donnaient. Je pouvais calculer combien de temps j'avais dormi. Prévoir dans combien de temps j'entendrais les paires de jambes se lever, direction trône ou cuisine.

Les bruits eux-mêmes. Bestiaux, mais pas ceux d'une bête en majesté. Plutôt sanglier en fin de course. Poursuivi par un mec en barbour, le sanglier augmente encore la cadence pour tenir sa vie quelques secondes de plus, pas convaincu lui-même que ça en vaille la peine.

Je me posais des questions typiques de fille qui pense à sa mère, je suppose, et c'est comme ça que la révélation – l'autre – est venue, plus tard.

Je n'entendais que mon père.

Mon père prend ma mère à heure fixe. Le dimanche à 9 h 15. Le premier mouvement est celui de la redécouverte du corps présent et disponible. Le second, celui sans doute d'un changement de cap, une légère torsion vers l'autre. Puis vient l'acte à proprement parler. Enfin le râle dernier, expiré telle la bête qui renonce.

Je me rappelle encore mon premier dimanche d'indépendance. Je me suis réveillée dans l'angoisse d'être lundi, dans le silence de ma toute nouvelle studette. J'avais zappé qu'on était dimanche. Les bruits de copulation étaient devenus mes cloches d'église à moi. Ma grand-messe. Ils allaient me manquer.

Quand j'arrive pour le dîner dominical que ma mère a institué de force, je me fais chaque coup la réflexion qu'ils ont dû le faire, le matin de mon arrivée.

Ma chambre, qui jouxtait la leur, est vide maintenant. Celle de Lolo, vide également. Ma mère l'a transformée en annexe de son cagibi à produits d'entretien. Ça n'a pas dû beaucoup changer depuis mon départ. J'imagine que ma mère est toujours en dessous.

Sa mère

Je tousse pour ne pas parler. Je me racle la gorge, et les sons ne peuvent plus sortir, ils sont empêchés.

Ce n'est pas ma fille. Je tousse. CE N'EST PAS MA FILLE. Je tousse. Intérieurement on peut crier. Personne ne vous en veut. C'est formidable de s'imaginer hurler hurler hurler. Des hurlements. Je le fais souvent. Je tousse. CE N'EST PAS MA FILLE. Je ne veux pas regarder son corps. Je n'ai pas envie. Mais je n'ai pas le choix.

Elle est en nuisette. Vêtue telle qu'on l'a trouvée. Dans son jus. La nuisette est très courte, à ras. Je n'ai pas vu ma fille en petite tenue depuis longtemps. Encore plus de temps s'est écoulé depuis la dernière fois où je l'ai vue nue. Elle avait oublié de fermer la porte de la salle de bains à clé. Ou l'été, à la piscine, au moment de se changer en vitesse, derrière un arbre. On ne doit pas garder un maillot mouillé. Ça peut rendre malade, du tissu froid sur un ventre chaud. Sans compter les mycoses là où je pense.

Le tissu de la nuisette est très brillant et peluche légèrement par endroits. Je soupçonne une matière synthétique. La couleur, parme, s'allie bien avec le teint cadavre.

CE N'EST PAS MA FILLE. Ce n'est pas ma fille. Je vous parle de son visage. Qui est-elle ? Les cheveux d'abord. Une teinture blonde. Nous sommes pourtant de vraies brunes dans la famille. Cette fille étendue sur le chariot en inox a une teinture un peu ordinaire. Et mal entretenue. Un bon trois centimètres de racines apparentes.

De toute manière, on ne touche pas un cadavre. Je ne reconnais pas sa coiffure mais je reconnais ses sourcils. Bien dessinés, bruns, poils ordonnés. L'ordre du visage, sa structure : tout vient du sourcil. Cette fille QUI N'EST PAS MA FILLE a les lèvres ourlées, épaisses. Le menton s'affirme, sans être en galoche. Oreilles percées, trois trous par lobe, tout de suite ça donne un côté vulgaire, six au total, trop c'est trop.

J'imaginais que les yeux seraient fermés. Ils sont à demi ouverts, et vitreux. Encore très maquillés. Khôl, mascara, fard à paupières. Ça fait vamp. Elle ne s'est pas démaquillée avant d'aller se coucher. Je l'ai pourtant appris à mes filles, qu'on se démaquille avant d'aller au lit. Je l'ai pourtant appris à mes filles, qu'on ne se fait pas un emplâtre sur la GUEULE. Qu'au quotidien on se maquille avec DISCRÉTION.

Je reconnais les oreilles, les sourcils, le menton, les lèvres, les yeux. Dans ma tête, je fredonne la comptine : « Si le loup y était, il nous mangerait… » J'égrène les morceaux du visage au lieu des vêtements. Dans ma tête, j'interroge le loup, je l'appelle : « Loup, y es-tu, que fais-tu ? » Il me répond : « Je mets mon menton. Je mets mes sourcils. » Que manque-t-il à sa panoplie de sale bête sauvage ? Qu'est-ce qu'il doit enfiler avant de venir toutes nous bouffer, ce connard de loup ? On dit bien : *comme le nez au milieu de la figure*.

J'ai compris.

Gloire. C'est ma fille. Mais ce n'est plus son nez. Il n'est pas d'origine. La bosse, la bosse a disparu. La bosse sur le nez de ma Gloire, elle a disparu. Les narines sont résorbées. L'arête plus étroite. Franchement redessinée.

Je dois rester solide et, si je peux crier intérieurement, je peux aussi pleurer intérieurement – ne pas se laisser aller à pleurer EXTÉRIEUREMENT. Je tousse un peu pour faire diversion. Je n'attends pas que la nana pose la question. Je ne dis pas ce qu'elle attend de moi, je ne dis pas : « C'est ma fille », comme on l'attend de moi qui dois reconnaître le corps de ma fille, ici, à l'institut médico-légal.

À la place, je dis : « ELLE S'EST FAIT REFAIRE LE NEZ. »

La nana a un mouvement de recul. Je crois que j'ai parlé trop fort. Un peu comme quand je hurle dans ma tête.

Sa grand-mère

Je suis sûre que c'est à cause de ce garçon qui l'a quittée. Ma Gloria l'avait connu très jeune dans leur école de catholiques, et plus tard ils ont vécu ensemble. Il est parti, Amaury. Ça s'est passé il y a déjà six ans, mais certains chagrins vous creusent plus longtemps que d'autres, le temps ne lisse pas tout sur son passage, quel mensonge. Remarque, il lui a laissé un petit mot sur la table de la cuisine. Elle pouvait rester autant qu'elle le voulait – deux semaines –, histoire de se retourner. Il s'en passe des choses en deux semaines. Ici, je trouve toujours le temps long.

Gloria m'avait garanti qu'elle s'entendait très bien avec ce jeune homme. Et avec ses parents d'une bonne famille. La mère était british. Le père… Oh ! je crois que le père avait une bonne situation. Un *de ceci, de cela.*

J'en ai connu, des particules. À chaque régiment ses aristos. On ne faisait pas le poids, avec mon mari. Lui, descendu de ses montagnes cévenoles. Ça devait être un peu consanguin là-haut. Et moi. Les pieds-noirs, on ne nous aimait pas dans l'armée. On nous trouvait ordinaires et bruyants.

J'ai su tout de suite que je ne quitterais pas mon mari. Profondément mou et gentil. Il m'a touchée quatre fois, un enfant à chaque coup. Trois garçons et une fille pour finir. Ce qu'on appelle bien viser. Le reste du temps, il avait peur de déranger. Pauvre Norbert. Mort d'une vieillesse tout ce qu'il y a de plus banal.

Je l'ai, ça me revient : « de Sevreau ». Amaury de Sevreau. C'était son nom. Il a quitté ma petite-fille. Elle a voulu y passer dans la foulée mais ça n'a pas fonctionné. On dirait que ma Gloria ne s'est pas laissé décourager. Maintenant c'est fait, elle a passé l'arme. L'arme à gauche.

On n'en a pas connu, des de Sevreau, dans l'armée. Mais j'ai connu beaucoup d'autres familles d'aristos. Et j'en ai fait pour ainsi dire ma spécialité.

Sa mère

Ça y est. J'ai réussi. J'ai réussi à identifier ma fille. Ma Gloire morte. Elle ne ressemble plus à ma fille. Elle s'est fait refaire le nez. C'est pourtant ma fille.

Tout à l'heure, quand il a fallu descendre la braguette, ouvrir la housse pour que je voie possiblement ma fille, la nana a eu ce geste qui ne m'a pas échappé. Elle a marqué une pause au moment de faire glisser la fermeture Éclair au-dessus de là où je pense. Je ne l'ai pas rêvé. J'ai toussé fort. Est-ce ma toux qui est à l'origine de son geste, de sa très courte pause ? Ou est-ce qu'elle a ralenti, hésité, parce qu'elle passait la main si près de cette zone ? Car il s'agit bien d'une zone, et je ne vais certainement pas dire « une zone comme une autre ». Car ce serait mentir. J'ai toujours essayé de la faire disparaître. Rêvé de la faire disparaître, simplement en arrêtant d'y penser. En ne m'en occupant pas, en m'en occupant le moins possible. Est-ce une zone qui mérite notre attention ? C'est une zone sur laquelle il convient de passer en vitesse. Il faut bien la laver sous la douche, qu'elle soit bien propre. Bien l'essuyer sur les W-C, qu'elle soit bien sèche. Ce qui n'est pas facile, c'est d'en parler. Elle n'est pas exactement comme le reste du corps. Elle oblige, elle contraint, elle voue. Ça finira par arriver. Je sais très bien comment ça s'appelle. Je n'ai pas envie de le penser, de le formuler. Même dans ma tête.

La sienne n'était certainement pas entretenue. J'évite de regarder mais sous la nuisette courte, très courte, à ras, ça dépasse. Des poils, bruns, dépassent de là.

Il y a les mots pour le dire. Je préfère les mots appris aux enfants. Ils font moins mal aux oreilles, soulèvent moins le cœur. Certains mots me donnent des palpitations.

J'ai appris à mes filles à dire « tutu » pour désigner là où je pense. Le là où je pense des filles. C'est qu'il faut la nommer, la désigner, la tamponner avec la serviette de bain, en sortant de la douche. Faire attention aux infections. Éviter qu'on y introduise n'importe quoi. Un tampon, ça, ça peut. La chose du mari, ça, ça doit. Mais qu'est-ce que c'est pénible !

Quand la direction de l'école privée a décidé d'inscrire Gabrielle à la danse classique, comme toutes ses petites camarades de classe, elles ont dû, les gamines, porter un justaucorps d'un rose douteux. La professeure de danse appelait ça un « tutu ». Elle corrompait les mots, MES MOTS, cette connasse.

J'ai été convoquée par le directeur de l'école Saint-Dominique en personne. La professeure de danse classique lui avait expliqué le problème avec ma fille. Elle avait refusé de se déshabiller pour enfiler son tutu, dès le premier cours. « Si, on enfile son tutu, Gabrielle. On ne danse pas en habits de ville. » La professeure de danse classique ne plaisantait pas avec la tenue réglementaire.

Gabrielle connaissait le vrai sens du mot, pas ce sens dévoyé, un vêtement pour dire le tout nu, une chose pour dire son contraire.

C'est cette école catholique, privée. Qui coûte un bras. Ils ont ruiné l'éducation de mes mots. J'ai eu la preuve plus tard qu'ils avaient tout foutu en l'air.

C'est Gloire qui, à l'âge de quinze ans, déclare qu'elle veut s'épiler. Je demande : « Sous les bras ? » Elle fait non de la tête. Je demande : « Les gambettes alors ? » Elle fait non de la tête. J'hésite. « Là où je pense ? » Je n'attends pas sa réponse, je dis, et je le dis comme un ordre : « VOIS ÇA AVEC TA SŒUR. »

J'aimerais remonter la braguette moi-même. Couvrir le tout. Prendre la housse, la suspendre à un cintre, la ramener à la maison avec moi pour toujours. Peut-être que ça serait bien de cohabiter avec ma fille. Peut-être que ça serait mieux que personne ne nous voie.

Sa grand-mère

Derrière la paroi qui sépare nos deux chambres, j'entends ses larmes d'enfant vieille. C'est l'heure de Marie-Josée. Chacune la sienne. Toutes mes voisines, à un moment précis du jour ou de la nuit, entrent dans un autre état. Elles sont méconnaissables, happées hors d'elles-mêmes. Peut-être qu'on veut nous faire goûter à la mort par petites bouchées, que cette heure-là nous y prépare ?

Beaucoup connaissent une torpeur quotidienne, en public ou dans la pudeur de leur chambre, quand elles s'y font reconduire par les auxiliaires. Mais quelquefois, l'heure est celle de grands mouvements, de chambardements qui dévoilent le tréfonds de leur âme ou le reste de ce qu'elles ont été. De vieux restes. De beaux restes. J'ai de beaux restes.

Je connais leurs prénoms, à mes voisines, parce qu'ils sont marqués sur les portes de chambre, à côté de notre nom de famille et, plus saugrenu, au-dessus de nos lieux de naissance. Ils se sont plantés pour le mien, ils ont écrit *CONSTANTINE*.

J'ai le temps d'observer mes petites camarades, on cohabite pas mal, entre foldingues du *secteur protégé*. Dans la salle commune, l'apparition du présentateur du JT de 13 heures sur la 2 fait entrer Henriette en crise de tétanie. Il est pourtant quelconque, pas de quoi se pâmer. Henriette et sa politesse mondaine, elle aurait fait un tabac dans l'armée. Ses yeux se figent. Sa tête se cale aimablement sur un côté. Un sourire moyen se dessine sur ses lèvres humides et, une heure durant, elle n'est plus capable de sortir ses petites phrases de circonstance.

Yvonne, elle, se met à répéter en boucle des mots qui sonnent curieusement. Elle nous emmerde avec sa « gougoutte » et ses « chibroume ». Personne ne traduit.

Bianca. Deux seins comme des obus. J'aimerais bien savoir s'ils ont toujours été en place ou si, comme moi, elle a eu recours à une béquille de la nature. Elle a une fâcheuse tendance à les toucher pendant son heure. Les auxiliaires n'essayent plus de l'arrêter, à croire qu'ici se tripoter n'entre pas dans la catégorie « péché ». Dans ces moments, la bienséance n'est plus tout à fait la même à notre étage. On nous laisse respirer.

Même combat pour la fauche. On la respecte plus qu'on la tolère. Mes voisines ont la cleptomanie contagieuse, au point que je dois parfois faucher moi-même pour passer inaperçue, prouver que je suis comme elles.

Marie-Josée pleure. Je l'entends bien parce que la paroi est fine. Je l'aime bien, Marie-Josée. Elle ne paye pas de mine mais je sens qu'elle a dû être une sacrée bonne femme. Pleine d'une gentillesse que je n'ai jamais su donner. Peut-être bien que sa douceur me rappelle ma petite camarade de garnison, va savoir. Comment s'appelait-elle déjà ? Ça m'échappe. Vivre entre vieillards, ça vous paralyse le souvenir.

Souvent, Marie-Josée cherche ses parents. Ou son mari. Il est mort, son mari. Clamsé. Je le sais parce que j'ai entendu la directrice le dire. Quand ce sont ses parents qu'elle cherche, je l'aide. Je n'aime pas la décevoir. Barricadées dans sa chambre, nous cherchons. Elle n'a plus le nom de la rue en tête mais elle me certifie qu'ils habitent Paris intra-muros. La route est longue. Elle m'épelle leurs prénoms et répète qu'ils vont s'inquiéter, elle les connaît, de ne pas la voir rentrer ce soir comme d'habitude. Je me contente de feuilleter l'annuaire qu'elle me tend, un modèle dépassé, elle doit l'avoir depuis des lustres. Elle sans sa tête et moi sans ma voix, nous cherchons ses parents. Mais son mari ? Très franchement, je ne vois pas l'intérêt. Tu ne voudrais pas vivre sans ? Il faudrait pouvoir le lui demander.

Comme c'est dur de faire tout en silence. De ne plus entendre le son de ma propre voix. Je ne sais plus comment elle sonne. Bientôt quatre ans que je me suis mise dans ce pétrin et, déjà, j'ai oublié comment elle sonne.

Sa mère

Une femme au foyer a le temps. Du temps, c'est ce qu'elle possède. Bien sûr, j'ai le temps. De venir identifier ma fille en pleine journée. Aux heures où les autres femmes travaillent. Bien sûr, j'ai le temps. De rendre visite à ma mère, à maman qui ne parle plus, qui a cessé de parler depuis la mort de son grand ami Roger. Maman a connu un traumatisme, on m'a bien expliqué, les médecins qui ne sont pas médecins militaires sont fins psychologues, j'ai remarqué. La mort de cet homme qui n'est pas mon père, mais quelqu'un d'important pour maman, un choc d'une telle violence qu'il l'a privée de la parole, a accéléré la dégénérescence sénile, la glissade vers la démence. Ils m'ont tout expliqué. J'ai tout compris. Bien sûr, j'ai le temps. Et aucune excuse pour ne pas m'y rendre. Pas grand-chose à faire, pas grand monde à voir. Aucune passion. À part mes torchons, mes éponges, constituer mes réserves d'antimites. Et attendre le mari. Maintenant je dois dire « attendre le dîner dominical avec mari et enfant », un seul enfant.

Trois visites par semaine à l'Ehpad. Qui attend cela de moi, à part moi ? Qui me jugerait, à part moi-même ? Mais l'attente est partout. Le jugement, le jugement aussi.

Je croise ces dames âgées devenues le cœur du monde de maman, ses frontières. Il y a cette vieille qui pue le limoncello, comme si elle s'aspergeait d'alcool de citron, se frictionnait le corps avec les zestes. Celle qui cherche son mari, quand ce ne sont pas ses parents – j'ai oublié son prénom composé. Va savoir si le mari est vraiment en vie. Les parents, ça, je suis sûre que non, question de probabilité. Il y a les aides-soignantes, les auxiliaires, la médecin, la directrice d'établissement, la kiné, les animatrices. Elles animent des jeux pour les pensionnaires, des petits jeux de patience, pour patienter avant quoi ? Avant de mourir ? Elles vont toutes y passer. C'est important de se le rappeler.

Au milieu d'elles, de toutes ces femmes qui travaillent, je viens voir maman, à des horaires que, je suppose, seules les femmes comme moi peuvent se permettre. Je passe beaucoup de temps seule à l'appartement de la rue de la Madeleine. Être avec maman, même une mère qui ne parle plus, me fait de la compagnie. C'est comme adopter un animal pour avoir une présence. À Durfin les Alizés, j'ai la présence de maman.

À mon arrivée, je la trouve généralement dans la salle commune, elle joue à la balle rebondissante avec ses congénères ou elle dodeline de la tête en écoutant un CD. Elle danserait presque.

J'apporte de la presse féminine et je lui lis à voix haute des articles du *ELLE*. Je n'ose pas lire la rubrique « C'est mon histoire », toujours peur d'un tournant salace. Ce sont souvent des témoignages olé olé.

Après déjeuner, on regarde la télévision, les romances de M6. Je veille à remettre la télé sur la 2 quand je repars, en fin d'après-midi. Si je ne passe pas, les nanas de l'étage savent qu'il lui faut son Nagui le soir. « C'est l'heure de mon programme. » Maman a toujours été raide de cet homme.

Je n'ai pas de programme autre que celui que je m'impose.

Quand nous sortons hors de l'Ehpad nous promener, puisque NOUS AVONS LE DROIT, je la tiens par le bras, je la tiens ferme, trop peut-être ; sans moi, je voudrais m'en persuader, elle pourrait s'effondrer. Je voudrais que quelqu'un ait besoin de moi. Pour vivre ou pour avancer.

Nous allons aux jardins de la Fontaine. Nous longeons les grands bassins, la pelouse des cygnes. C'est stratégique. À côté de la colonie de bestioles, dans un kiosque de la taille d'une baraque à journaux, une nana nous vend des réjouissances. Les parois extérieures du kiosque sont noires et luisantes.

La vendeuse a des seins gigantesques. Ça me gêne un peu, ce surplus de poitrine quand elle se penche au-dessus de son comptoir pour nous servir, en fonction de la saison, la gaufre ou le cornet pistache. Maman lèche la glace industrielle avec énergie.

De retour à Durfin, dans sa chambre, il m'arrive de lui tendre un piège du regard. C'est un défi. Je voudrais qu'elle craque. J'aimerais qu'elle parle. Que quelque chose sorte. Y a-t-il quelqu'un pour parler avec moi ? Quelqu'un avec qui parler. Maman, est-ce que ça pourrait être toi ? Et si maman savait encore parler ?

Ma fille Gloire pouvait parler, mais ne m'adressait plus la parole depuis treize ans. Si je calcule, maman, elle, ne parle plus que depuis quatre ans. Que le temps passe vite. Toutes ces bouches qui cessent de s'ouvrir pour me parler. Toutes ces bouches closes.

Faudra-t-il la coudre, la bouche de ma fille ? Faire un point lèvres pour serrer le sourire ou la fente qui n'a plus le courage d'en former un, pour éviter qu'elle s'ouvre en grand, que la mâchoire se décroche.

Que dessinent ses lèvres ? J'étais tellement concentrée sur son nez que j'ai oublié de regarder si ma fille Gloire avait encore de quoi sourire, au moment de nous laisser.

Sa sœur

Se lever. S'asseoir. Je me sens comme un labrador discipliné au debout-couché, debout-couché. Toute cette soumission me fait mal au derche. J'essaye au moins de profiter de la cadence pour me raffermir le fessier. Squats cathos.

Les parents et moi, on tient nos places au rang VIP. Personne ne nous envie cette proximité avec la scène et son clou du spectacle, corps d'un mètre soixante-huit étendu dans sa boîte. Lolo a cinq bons centimètres de plus que moi. À ma gauche la mère, à ma droite le père, puis une place vide. Dixit le personnel de l'Ehpad : « Mme Navarro est trop imprévisible, on ne peut pas risquer de vous la libérer pour l'enterrement. » Privée de messe, mamie. J'avais pourtant assuré à ma mère qu'au moins elle ne risquait pas de balancer des « Alléluia ! » mal placés, vu qu'elle ne parle plus. Ma mère ne goûte pas l'humour noir.

Saint-Dominique. Je hais cette église, ces tronçons de pierres couleur lait et cendre, ces bancs durs comme la trique. Le centre d'une vie. Notre ancienne école primaire, collège, lycée, c'est le bâtiment en plastique juste à côté. Bien sûr, l'école privée porte le même nom que l'église. On nous traînait dans la salle attenante à la nef pour les cours de cathé. Entre deux leçons de géographie et de maths, un peu de chemin de croix.

Aujourd'hui, comme mes parents, j'habite à cinq cents mètres, toujours rue de la Madeleine. À croire que ce lieu nous aimante. Seule Lolo avait réussi à prendre la tangente, il y a treize ans, quand elle s'est cassée de la *casa* sans en donner les raisons.

Je profite que tout le monde prie ses orteils pour me tordre franchement et faire un tour d'horizon. Le côté paternel est très représenté, le maternel un peu moins. Je repère des anciens de l'école et surtout beaucoup d'inconnus. Ma Lolo, on s'y attache. J'ai lu ça dans un article en ligne sur, comme elle disait, les MP, les malades psychiatriques. « Individus très charismatiques. » « À tendance manipulatoire. » Pour ce qui est de ma sœur, je croyais surtout en son charisme.

Elle racontait en rigolant un énième entretien d'embauche. La RH n'y était pas allée de main morte. « Attendez, que je résume : vous vous appelez *Gloire Marie Adalberte BROCHET*. Vous vivez dans un quartier cossu. Vous n'avez pas travaillé pendant… un an et demi. Vous êtes ici pour… un job d'hôtesse d'accueil. (Silence pesant.) Racontez-moi, Gloire (pause dramatique) : que s'est-il passé exactement ? »

La première année à trous. Celle des premiers internements. Des premiers arrêts de travail.

Lolo a bien morflé.

Je dois me préparer à entendre qu'elle est mieux là où elle est.

Sa mère

Pas net leur lino. Personne ne sait que j'y suis attentive. Mais j'y suis attentive. Il m'a suffi de quelques secondes pour comprendre qu'ici, à l'institut médico-légal, le ménage n'était pas fait correctement.

Une telle chose ne pourrait pas se produire à Durfin les Alizés. Dans les deux ascenseurs de l'Ehpad où réside maman, un planning indique à quelle heure le ménage a été fait. J'aime voir la signature dans la case réservée à cet effet. Je pourrais mettre ma langue sur le bouton, le numéro 5, appuyer avec ma langue sur le bouton pour grimper à l'étage, exercer une pression avec la langue et l'ascenseur démarrerait et atteindrait le cinquième, secteur fermé où est maman, où sont les démences séniles, où sont les Alzheimer. Je pourrais. Je pourrais, parce que ça ne serait pas sale. PAS SALE.

Ici, c'est un petit peu cracra. Il y a le visible et l'invisible aux yeux de presque tous. Mais en me baissant tout à l'heure pour ramasser mon ticket Tango usagé, j'ai vu le petit mouton caractéristique. Pour simplifier, on dit « mouton de poussière », mais il est un agrégat de cheveux, de rognures d'ongle, de pellicules, de toutes sortes d'acariens. C'est une poussière vivante.

J'aime faire le ménage. À ma façon. Mon mari pense que je suis maniaque. Gabrielle le pense. Gloire le pensait. Maman. En vérité, ils ne savent pas. La vérité est que je fais le ménage à ma façon. Mon ménage n'est JAMAIS parfait. Je ne suis pas la parfaite ménagère. Je ne suis pas adepte des grands nettoyages de printemps. Je cache la merde.

J'aime garder un coin de l'appartement sale. Je change, je varie. Ce n'est pas toujours le même endroit. Cela peut être derrière un meuble. Sous un tapis. Mon mari piétine le tapis, et je pense « s'il savait », et je rêve parfois qu'il découvre par lui-même. Et s'il avait seulement l'idée de se plier en avant, de soulever un angle, au hasard, tout ce qu'il trouverait…

J'aime aussi la sensation du gras sur ma main, j'en déniche facilement au-dessus de la hotte de cuisson, dans la cuisine. Les parois lisses et noires brillent d'une fine pellicule de gras. J'évite de nettoyer. J'attends que ça colle. Délicatement je dépose le bout de mes doigts, la pulpe, j'imagine que je suis une mouche, que je ne voudrais pas être retenue par un piège, je suis obligée d'y aller mollo, de toucher tout doucement, pour jouer à la mouche et me libérer.

C'est plus qu'un secret. C'est un droit que je m'accorde.

Sa sœur

En même temps, la résurrection de Lazare, Lolo aurait kiffé. Je l'entends d'ici. Elle aurait dit : « Il devait bien puer de la gueule avec son haleine de mort », et elle m'aurait fait rire dans cet endroit où, rire, c'est aussi violent que péter.

Le prêtre lit son passage. Il semble content de lui. C'est une tante un peu grenouille côté papa qui a choisi les lectures bibliques. Le prêtre vient des pays de l'Est, ce qui lui donne un accent pas mal. Sexy même, pourvu qu'on garde les yeux clos. J'ai demandé à ma mère si c'était normal qu'il y ait un poster de lui grandeur nature à l'entrée, là où il y a des brochures gratuites pour devenir scout ou s'inscrire à des cercles de parole pour discuter de son futur mariage avec des prêtres pas mariés et être sûr qu'on s'apprête à faire le bon choix.

Toute cette religion, forcément, ça m'éveille le questionnement métaphysique. Au moins, ça passe plus vite, c'est tout le temps ce que je me dis quand je réfléchis.

Est-ce que j'aimais ma sœur ? Pourquoi cet enterrement religieux alors que Lolo ne fréquentait pas les curés – pas plus que ma mère ou ma grand-mère d'ailleurs. Pourquoi lui faire ce coup-là ? Il y a cinquante ans, ma sœur, on l'aurait foutue dans une fosse commune parce que c'est une suicidée. « Quelqu'un ici, parmi vous, sait-il cela ? » Je m'entraîne à poser cette question avec une voix dramatique dans ma tête.

J'écris des histoires de cul au quotidien, c'est mon travail, mais dans ce contexte j'ai eu du mal à produire du signe. Je ne suis même pas sûre d'arriver à lire mon texte. J'ai essayé d'écrire quelque chose de bien avec des moments d'humour, mais au fond qu'est-ce que je vais faire si on me file le micro ? Parler de moi plus que du macchabée, comme c'est le cas dans un enterrement sur deux. Prouver par *a* + *b* à des gens que je ne connais pas que c'est moi qui la connaissais mieux que vous tous, ma sœur.

Gloire Marie Adalberte a quitté le giron familial à dix-huit ans.

Gloire Marie Adalberte a été diagnostiquée à l'âge de vingt ans.

Gloire Marie Adalberte est morte à trente et un ans.

Ça me rappelle le bac d'histoire. J'ai bien quelques grandes dates en tête, mais ça ne me fait pas la dissertation.

J'ouvre la note que je m'étais préparée sur l'iPhone. Je place le curseur à la fin de mon discours et j'appuie longuement d'un index. D'abord ça efface lettre par lettre. Puis par morceaux. Et puis ça emporte le tout, et la note est blanche comme au début. C'est hypnotique.

Sa mère

C'est la rencontre magique avec un homme. C'est la rencontre magique avec un enfant. J'ai entendu ces phrases à la télévision. J'ai entendu ces phrases comme une prémonition de mon avenir. Il y a eu aussi : *L'amour est une évidence. Il se reconnaît d'un regard, au premier coup d'œil.*

Et un jour, j'avais dix-huit ans, et il était là, le futur mari. La rencontre magique a eu lieu. Je me rappelle maman, ses yeux humides quand elle l'a vu la première fois, le futur mari, franchir le seuil de notre appartement, venu se présenter à mes parents. Ses yeux humides d'espoir. Lui, contrairement à nous, était issu d'une bonne famille, une vieille famille nîmoise. J'ai rencontré François. J'ai fait un mariage d'amour. J'ai arrêté mes études.

La rencontre magique avec un homme.

La rencontre magique avec un enfant.

Ce n'est pas une rencontre, c'est une masse qui pèse lourd, une pierre sale, qui bouge, qui voudrait rouler, sa peau passe du blanc au rouge, une pointe noire à l'endroit du cordon ombilical. C'est cracra, dégueulasse. Sorti de là où je pense.

Combien pèse Gloire ? Il pèse combien, mon bébé ? Est-ce que son corps, mort, pèse plus lourd ? Si je rouvrais la housse et que je la prenais dans les bras, maintenant, ma fille, je regarderais le plafond fixement, les néons blanc-bleu, la lumière cristal éclairerait son visage et son nez refait. Et mes cheveux noirs et brillants. Je serais une madone. Une larme glisserait le long de ma joue, une larme parfaite qui viendrait s'écraser contre mon sein. Un linceul blanc recouvrirait son corps, ça resterait pudique.

Que penserait la nana de la morgue ? « On dirait une madone et son enfant. » « Elle n'a pas pu se retenir de prendre une dernière fois le corps de sa fille morte dans ses bras. » Elle serait touchée.

Je n'ai pas le droit de prendre ma fille dans les bras.

C'est la rencontre avec l'enfant. Je rencontre mon enfant. Je rencontre ma fille, Gloire, et je ne la reconnais pas.

J'ai la tête qui tourne. Je voudrais tousser mais j'ai la toux coincée dans la gorge, elle va m'étouffer. Je vais mourir étouffée par la toux qui ne vient pas. La pièce tourne, pas ma tête, la pièce elle-même, les murs sont friables et je sens mon poids m'entraîner vers le sol, leur lino pas net.

Suis-je bouleversée ? J'ai dû perdre connaissance, très peu de temps, si peu de temps. La nana m'a assise sur une chaise en plastique, m'apporte un gobelet en plastique qui sent la chlorophylle. Elle s'approche très près. Ses seins à la hauteur de mon visage. Elle a dû repasser sa blouse ce matin, je sens encore l'odeur du fer, c'est délicieux. Elle a retiré ses gants. Le plastique règne ici en maître. D'une main, elle touche mon épaule ; de l'autre, elle porte le gobelet vers mes lèvres. À la façon dont elle soulève doucement ma tête, je sens que je pourrais être son enfant. Elle demande si je vais mieux. Elle dit : « Ça arrive plus souvent qu'on ne le croit, c'est le choc. »

Je ne crois rien.

J'ai inscrit mes deux filles dans cette école privée catholique. Primaire, collège, lycée. Du tout en un. Établissement Saint-Dominique. Dans le quartier, il avait une excellente réputation. Une école à taille humaine, une ambiance familiale. Le directeur est charmant. Il porte un nom de marque de biscuits. Des biscuits de grande surface. Très chère, cette école. Et aujourd'hui ? Une incapable de se caser et une suicidée. Tout ce fric n'aura pas servi pour garder qui que ce soit en vie. Tout ce fric pour rien.

Sa grand-mère

Jusqu'à la retraite de mon mari, tous les deux ou trois ans, on migrait. Les femmes et les enfants suivaient. Vingt-trois déménagements à mon actif. On annonçait la prochaine ville à l'heure du repas, sans égard pour les copains de classe quittés, les efforts déployés pour s'habituer à une nouvelle vie. Je me rappelle l'angoisse sourde chaque fois que nous arrivions dans une nouvelle garnison. La distribution de la brochure de bonne conduite à l'attention des épouses, dès la première semaine. Norbert se chargeait des ennuis administratifs et d'inscrire les enfants à l'école. Moi, je parvenais tant bien que mal à donner de l'allure à nos appartements. Et j'étudiais mon devoir.

Dans le livret destiné aux femmes d'officiers, je trouvais les règles de bienséance propres à la garnison et des rappels généraux. Mon chapitre préféré concernait les salutations. En fonction du grade de l'époux, je pouvais m'adresser ou non à sa femme pour lui dire bonjour. Dire bonjour d'une certaine façon, en fonction du grade de l'époux. Pousser la politesse en l'invitant à un *tea time* à la maison, en fonction du grade de l'époux.

À ma première garnison, j'avais dix-sept ans. Nous venions de nous marier et j'étais enceinte de mon fils aîné. J'avais si peur. J'étais terrorisée à l'idée de dire bonjour sans en avoir le droit. Est-ce que Norbert perdrait son poste par ma faute ? Est-ce qu'on me renverrait en Algérie, auprès de mes parents, parce que je n'avais pas su me tenir ? Je confondais les insignes, je mélangeais les visages.

On a fait savoir à Norbert que sa femme était discourtoise. Il faut dire que j'avais décidé de pencher la tête en direction de mes pieds chaque fois qu'une épouse de gradé passait à côté de moi. Mon plan n'a pas porté ses fruits. Sermonné à cause de moi, Norbert a improvisé. J'avais des problèmes de vue, terribles, plus encore en ce moment où nous attendions une nouvelle paire de lunettes adaptées à mon insuffisance. La livraison tardait, le patron de la pharmacie du centre-ville nous demandait d'être patients. Norbert s'est débrouillé pour se procurer des lunettes à verres sans correction. J'en ai porté une bonne partie de ma vie. Remarque, ça me donnait un style. Et puis, me croire les yeux viciés rendait mes camarades de baraquement moins méfiantes.

Arrivée dans un nouvel appartement, je repeignais. Je le faisais seule, de nuit. Je profitais de ce que tout le monde dormait, et au réveil ça sentait la peinture fraîche dans le couloir. J'avais la tête qui tournait de fatigue à cause des saloperies dans la peinture, mais c'était ma victoire. Un couloir bien blanc qui ne le resterait pas longtemps, frotté par les cartables. Parfois je tentais une couleur vive, mais j'étais aussitôt rappelée à l'ordre. Je ne pouvais pas mettre ma fantaisie dans les murs, il fallait la faire exploser autre part.

Je lis qu'il est 17 h 50 à l'horloge digitale offerte par Roger pour un de mes petits Noëls, et la bonne femme au plateau entre sans frapper. Elle confond les infirmités, doit me croire sourde en plus de muette, la garce. Elle va revenir dans trente minutes et me demander pourquoi je n'ai pas mangé mon dessert. Qu'elle goûte un peu leur riz au lait parfum bleu d'Auvergne avant de me chercher des poux. Je préférerais que ça soit l'autre petite qui m'apporte le repas. Celle qui a de jolies jambes. Khadija.

Sa mère

Elle me demande si je suis sûre. De ne pas vouloir le terminer, son verre d'eau à la con. Ça ne sent plus la chlorophylle, ça sent le chlore. Eau tempérée. Eau propre, tempérée.

Sur un ton tempéré, d'une voix tiède, mon professeur avait conclu notre entretien : « Êtes-vous bien sûre de vous, mademoiselle Brochet ? » Si je ne terminais pas mon année, il ne pourrait pas proposer mon dossier. Si j'allais jusqu'au bout de mes études, en revanche, le dossier passerait la commission, c'était certain, puisqu'il appuierait lui-même ma candidature auprès des membres du jury. Il me garantissait un apprentissage puis un poste. Un métier.

La veille, François m'avait expliqué comment décliner poliment. Comment faire pour refuser cette offre alléchante, sans risquer de froisser le grand professeur de l'université de Nîmes.

Est-on coupable d'accepter ? D'accepter une vie contre soi ? Contre soi-même.

François était brillant. Très jeune, si jeune, il avait décroché la grande école militaire, et il fallait s'installer momentanément dans une garnison au fin fond de la Normandie, à Roumare, dans la forêt humide. Le suivre quelques mois, maintenant que j'étais sa femme. Le temps qu'il finisse sa formation et ensuite nous reviendrions à Nîmes. Nous nous installerions dans un appartement en lisière de l'Écusson, non loin de l'église où nous nous étions mariés. Le quartier de nos familles. Voilà le plan de bataille qui devenait aussi le mien.

J'ai arrêté mes études en cours d'année. J'ai tenu mon « non » face au professeur. Il n'était pas vexé. J'ai lu une tristesse dans son regard qui m'a mise en colère. J'ai eu envie de tousser, de tousser, de tousser, et qu'il ne sache pas où se mettre ni comment faire pour me soulager. J'ai eu envie qu'il entende mes raclements de gorge et qu'il ne comprenne pas comment arrêter ce bruit insupportable.

Elle attend que je parle, alors je parle : « C'est ma fille. Bien sûr que j'en suis sûre. J'ai eu un vague moment de confusion. L'émotion. Comme vous me l'avez dit vous-même : le choc. »

Je ne suis pas venue ici pour me JUSTIFIER. Je suis venue ici pour identifier un corps. On m'a appelée il y a deux jours. Au téléphone, une voix de femme un peu dirigiste, qui m'annonce le décès de possiblement ma fille. Elle a donné une domiciliation, une adresse que je ne connaissais pas, vers le faubourg Gambetta. Un quartier sympathique, un quartier jeune. On le dit très animé.

La nana a le réflexe de toucher le sien, de nez. À l'endroit exact où Gloire avait sa bosse.

Est-ce qu'elle a compris que je découvre MAINTENANT que MA FILLE s'est fait refaire le nez ? Est-ce qu'elle a compris que ma surprise vient de ce nez, qui m'a empêchée de reconnaître ma fille, au premier regard ? Je la vois douter. Elle ne peut pas savoir. Non, elle ne peut pas.

Cela fait treize ans que je n'avais pas vu Gloire.

Sa sœur

Soufiane n'a été que le début d'une longue série. Après sa première crise, Lolo a commencé à se faire tous les mecs dont je rêvais. Elle en parlait ouvertement, comme si c'était la chose la plus naturelle au monde. Comme si l'identité du gars – assortie la plupart du temps de sa filière et du numéro de sa classe – n'était qu'un indice lâché par mes soins dans le but qu'elle le retrouve et couche.

Je m'insurgeais contre le concept de genre d'hommes. Je n'avais pas et ne souhaitais pas avoir de genre d'hommes. Préférer une couleur de cheveux ou un type de silhouette me paraissait presque morbide. Je pouvais désirer une palette de physiques et de corpulences très étendue. Je lui en parlais et, dix jours plus tard en moyenne, elle me racontait ses prouesses.

J'aurais peut-être été capable d'en séduire certains mais pas de passer à l'acte. L'idée de pénétration m'était insupportable et, d'après ce que j'avais compris, beaucoup voulaient en arriver là. J'ai donc continué à lui parler des types qui me plaisaient pour voir si tous y passaient.

Elle n'a pas manqué une occasion.

Je dois bien le confesser, parce que l'église est le lieu pour avoir ce genre de pensée, qu'il m'est arrivé de glisser le nom d'un type avec qui je n'aurais pas souhaité le faire même si on m'avait garanti qu'il ne bandait pas de naissance et serait physiologiquement incapable de me la mettre. Elle se donnait quand même à fond et elle y arrivait, sans douter de moi. Ça a duré deux ans. Après, elle a quitté la maison et je n'ai pas pu continuer à lui fournir des noms de garçons.

Je ne crois pas à la masturbation. En cet espace de liberté qui me permettrait de me procurer à moi-même du plaisir, par exemple sans partenaire, de me distraire quand je m'ennuie ou me détendre en cas de pic de stress. La masturbation me rend triste et, quand je dis que je n'y crois pas, c'est que je ne suis pas dedans. Ce spectacle que je me joue à moi-même, où j'occupe le rôle-titre et aussi le seul fauteuil du public, sonne faux. J'ai très vite dû y mettre un terme. Trouver des dérivatifs qui m'aident à fondre ensemble ce qui m'attire comme ce qui m'obsède, les répulsions et les peurs, sans les démêler tout à fait.

Je pense au sexe tout le temps. Mon métier me le permet, ça rend les choses plus faciles à vivre. Mon métier *m'oblige* même à penser au sexe tout le temps.

Je n'ai jamais couché avec quiconque. C'est pas demain la veille. Je fais tout de chez moi. Je travaille, je commande mes achats en ligne, de la bouffe jusqu'aux vêtements. Je vais parfois au bureau de poste quand il faut échanger une paire de chaussures ou un pantalon parce que je me suis plantée de taille, et ça s'arrête là. Mes quelques connaissances n'habitent plus Nîmes, et nous communiquons par WhatsApp. J'ai un tapis de gym et des haltères de 1, 1,5 et 2 kilos. Je suis abonnée à deux plateformes de films et j'ai les codes Netflix des parents. Je circule au minimum et à pied exclusivement. Pas de risque de rencontre. Pas de risque de croiser un mec qui voudra me pénétrer à un moment ou à un autre si jamais on accroche.

Je suis indépendante. Je reste 90 % du temps chez moi. J'ai fini par me considérer comme une femme au foyer qui travaille.

Je n'ai pas pu faire l'impasse sur la sortie église. Ma sœur est morte. Heureusement, j'habite à deux pas.

Sa mère

Je pensais que j'allais dire : « Oui, c'est ma fille, Gloire Brochet, je la reconnais », et qu'on me laisserait sortir.

Pourquoi on me garde ?

Elle a disparu dans le couloir, m'a laissée seule, avec le corps découvert de Gloire. La porte est entrouverte. J'entends la nana discuter avec une collègue. Elles sont probablement en train de descendre un allongé en se racontant une anecdote sur leur week-end. Ça frôle l'indécence. Ces deux voix de femmes qui parlent. Elles sont au bord de rire. J'ai envie de me lever, de hurler : DOIS-JE VOUS RAPPELER QU'IL Y A UNE MORTE DANS LA SALLE D'À CÔTÉ ? Mais je reste bien calme sur ma chaise. Sage. C'est le vide, ici. La table mortuaire, la table avec ma fille dessus, occupe toute la pièce, en importance. La table pour y présenter ma fille est ici le mobilier central. Elle mérite, ma fille, d'être au cœur de la pièce. C'est un privilège de morte. Si je voulais… Je pourrais la remplir, cette pièce. Je pourrais l'étouffer avec des objets. Il me faudrait peu de temps pour la faire disparaître, même un cadavre n'y trouverait plus sa place.

Où ranger ma fille si je la transforme en cabinet de choses, cette pièce ?

C'est ce que j'ai fait après son départ. Après le départ de Gloire, j'ai rempli sa chambre. J'ai accumulé les réserves. D'abord timidement sur le lit, dans des caisses en bois, d'anciennes caisses à vin de François, nettoyées au préalable. Dans les caisses, j'ai rangé des éponges neuves, des torchons neufs, des boules antimites, de délicieuses boules parfum naphtaline.

Les jours passaient depuis son départ, j'avais arrêté de les compter. Je prenais l'habitude de déposer un nouvel objet dans la chambre de ma fille, puis je quittais la pièce à reculons, à petits pas. L'étouffer sans faire de bruit.

Au bout de quelques semaines, les caisses ont imprimé leur marque. Des rectangles fermes se sont dessinés sur le couvre-lit, parfois je soulevais une caisse à vin pour en observer la trace, constater son dessin parfait, le pochoir qu'elle formait sur la couverture. La couverture patchwork que maman avait terminée pour sa naissance. Elle l'a laissée. Gloire ne voulait donc conserver aucune trace de nous ?

Seule dans sa chambre, il m'est arrivé de penser aux Japonais et à la pièce à cadeaux. Est-ce que ce qu'on raconte est vrai ? Que les Japonais, dans certaines maisons traditionnelles, possèdent une pièce dédiée aux cadeaux ? La politesse consiste à ne pas les ouvrir devant les invités, à les conserver dans la pièce à cadeaux, jouir seul de son ouverture, respirer le cadeau et l'y laisser. Revenir le contempler à satiété.

J'aimerais mourir enfouie sous des objets. Sous mes choses. De la naphtaline pour m'enivrer, des torchons pour essorer mon corps, des éponges pour en aspirer la substance. Il ne resterait plus rien, plus rien de moi. Une mort enviable, au fond.

Je regarde le corps de ma fille, de ma Gloire, et je pense à moi. À moi le dimanche, quand je faisais la morte.

Maintenant je suis libre. Depuis le Grand Changement. Libre le dimanche, comme tous les autres jours de la semaine. Je reste immobile, je ferme les yeux. Je sens. Je ne sens rien. Plus de corps à porter sur le mien. De poids à supporter sur mon là où je pense. Personne ne vient sur moi. On ne risque plus de me grimper dessus. On ne risque plus. Je suis libre.

Sa sœur

Plus ma sœur me décrivait les mecs et leurs habitudes, ce qu'elle leur faisait et ce qu'ils prétendaient lui faire (elle s'amusait souvent de l'écart entre le programme et le spectacle), plus ça me donnait envie. Pas de baiser, d'écrire. J'ai trouvé mon boulot comme ça.

Quand Lolo est partie de la maison, on a continué à s'appeler. Les parents n'en savaient rien – j'avais promis. C'est *elle* qui appelait. Elle ne répondait ni à mes textos ni à mes mails. Elle communiquait quand ça lui chantait. Il fallait que je sois aux aguets parce que c'était souvent après 22 heures ou très tôt le matin.

Elle me racontait les mecs. Si j'essayais d'aborder d'autres types de sujets, son traitement, comment elle se démerdait pour vivre, si elle prévoyait de rester à Nîmes ou si elle se sentait bien, elle raccrochait.

J'ai décidé d'arrêter de poser des questions et je l'ai laissée parler. Me raconter. Je prenais des notes. Puis je me suis mise à poster des billets érotiques sur un blog. Des histoires courtes avec une héroïne attachante qui s'appelait comme ma sœur.

Au bout de trois ans, j'avais terminé ma licence de techniques rédactionnelles, via le CNED, et, comme je m'amusais toujours autant sur le blog, j'ai commencé à m'organiser plus rigoureusement pour répondre aux mails des lecteurs. C'étaient essentiellement des lectrices, des femmes qui m'informaient de leur âge, de leur vie sexuelle décevante et que mes textes les faisaient rire ou les excitaient.

Quand j'ai ouvert le mail de Tilda des Jardins d'IDUN, j'ai tout de suite flairé que c'était du sérieux. Tilda était la directrice Occitanie d'une chaîne nordique de maisons de vieux, récemment implantée en France. Par téléphone, elle m'a décrit le fonctionnement de leurs établissements. Ils avaient des étages non surveillés pour des résidents à niveau d'autonomie variable et des ailes dites *vigilance bienveillante* pour les Alzheimer et dégénérescence sénile avancée. Dans leurs machins, on pratiquait le *positive care*. Elle souhaitait, Tilda, me proposer un poste de travailleur à domicile (TAD) à temps plein pour écrire des feuilletons-cul à leur usage exclusif. En résumé, à la suite d'une étude commanditée par le ministère danois de la Santé, des chercheuses en gériatrie étaient arrivées à cette conclusion que, dans les Ehpad, ce qui fonctionnait vraiment pour aider au mieux-être des pensionnaires, mieux que la gazette *Famileo*, et mieux que les écrivains publics qui proposaient la rédaction de Mémoires, c'étaient les feuilletons. Des feuilletons très spéciaux, du genre olé olé, comme aurait dit maman. De l'érotisme et du cul, savamment dosés, pas toujours distincts. Du désir et de la jambe en l'air. Ça calmait les dépressions que cet environnement médicalisé générait souvent, les pulsions désordonnées et, surtout, ça stimulait les Alzheimer. Pour achever de s'en convaincre, il suffisait d'observer, quand le stade légume progressait, les ateliers organisés avec des comédiens spécialisés en lecture à voix haute. On obtenait des résultats déments, allant du clignement d'œil au déclenchement d'un rire franc ou d'une bonne vieille érection.

Le plus dur, m'avait expliqué Tilda lors de notre entretien téléphonique, c'était de convaincre les familles ici que c'était bon pour leurs anciens. J'ai compris que le « ici » désignait la France, et que par pudeur elle préférait ne pas critiquer notre pays de résidence à toutes les deux.

Ça m'a touchée qu'elle parte du principe que je comprenais ses positions, que j'avais foi en cette étude danoise et, quelque part, en la science entière. À aucun moment elle n'a demandé : « Est-ce que c'est bien clair pour vous, Gabrielle ? » ou « Vous avez des questions ? ». Ensuite elle a parlé longuement des Jardins d'IDUN et des vieux de manière générale. Elle disait « leurs anciens » ou « nos anciens » en fonction des phrases, avec une conviction qui me donnait envie de sortir dans la rue et d'aimer mon prochain.

Quelques jours après cet appel, j'ai annoncé à mes parents qu'on m'offrait un poste pérenne dans le domaine de l'aide à la personne. Lolo était partie depuis bientôt trois ans, et moi j'ai fait le coup de la désertion. Le CDD s'est muté en CDI, et j'ai pu louer mon indépendance. J'ai choisi un endroit petit et dans le quartier. À ce stade, je savais plus trop si c'était Saint-Dominique ou les parents, mon sacerdoce.

Depuis la signature de mon contrat avec les Jardins d'IDUN, je suis toujours restée évasive quant à la nature de mon travail. Pourtant, je serais parfois tentée de me mettre un peu en avant, qu'ils soient fiers de leur aînée. Je suis très bonne en dialogues, par exemple. On me le dit souvent. Mes personnages parlent beaucoup pendant.

Lolo me fournissait de quoi faire mouiller les mamies. J'avais l'impression d'être utile à la société. À chaque coup de fil, j'étais sûre d'engranger de la matière. Et puis je gardais un lien avec ma petite sœur.

Elle m'a fait promettre de me la fermer, de ne rien dire aux parents. Elle avait disparu, et je n'étais pas là pour me la jouer Hermès messager. Elle avait disparu, et il me fallait respecter son choix. Elle n'était plus un membre de la famille, elle était seulement une voix à l'autre bout du téléphone, qui me racontait des histoires.

Je l'entends encore me demander, du soupçon dans la voix : « Ça, tu notes aussi ? » D'abord j'ai cru qu'elle avait conscience de dépasser les limites de l'intime et de la pudeur, et que ça lui répugnait que je note tout. Je me trompais. C'était le contraire. Ce qui l'inquiétait, c'était que je ne note pas assez.

Un soir où je comatais comme d'habitude devant un replay du *Prisonnier*, j'ai pris la décision de lui avouer la vérité. Il n'y avait plus qu'à attendre son prochain coup de fil. J'ai tout lâché.

Je devais gagner ma vie. J'avais trouvé comment. Elle était à la base de tout. De l'envie d'en faire mon métier. De l'inspiration pour nourrir mes feuilletons de commande.

« Je suis ta muse du cul, si je résume », elle a dit, avant de raccrocher sans prévenir, en mode violent.

Elle a rappelé, quelques heures plus tard.

« Gabrielle, si tu le fais, fais-le bien. Je mérite.

— Tu *le* mérites ?

— Et me reprends pas, s'il te plaît. »

J'ai eu l'impression qu'elle était contente. Notre échange était lapidaire, mais il contenait des aveux et des promesses qui nous liaient. Comme si, ce soir-là plus que les autres, j'avais admis qu'elle me permettait de vivre comme mes particularités l'exigeaient, sans sortir, sans me confronter au dehors. Par le fait même d'exister et parce que ses particularités à elle étaient diagnostiquées, Gloire m'autorisait à m'inventer une vie sur mesure, qui sait, peut-être à l'abri de la souffrance. Tant qu'elle serait là, je pourrais vivre avec mes frontières.

Je l'admettais en me passant de mots, pourtant elle comprenait. Je lui transmettais en silence, entre nos phrases courtes, une certaine admiration pour ce que je ne serais jamais, et un *merci* incarné en contrat de travail et de vie. Notre alliance lui donnait un pouvoir sur moi que sans doute elle avait toujours eu, mais sans le savoir.

Sa grand-mère

Elle repart avec le plateau. La peau de vache n'a émis aucun commentaire sur les restes. Je n'ai pourtant pas fait mine de tâter sa crème dessert. On a dû lui dire pour ma petite-fille, ma Gloria, et elle aura eu pitié de moi. « Ce légume doit bien ressentir un petit quelque chose. » « La mort doit la remuer dans le tréfonds de son être. »

Ça remue les souvenirs. Ça remue qui je suis.

J'avais vingt-deux ans. Nous arrivions à Saumur, tout près des terrains d'entraînement du Cadre noir. J'étais invitée à un thé par des femmes d'officiers. C'était un *tea time* au-dessus de ma condition. Je m'étais arrangée. Avec ma petite Singer, je me décarcassais pour me coudre des ensembles. J'étais douée. Pour l'occasion, j'avais choisi une longueur de jupe qui mettait mes mollets en valeur. Vraiment ce que j'avais de mieux. Un beau galbe. Comme j'ai les genoux légèrement cagneux, je veillais en croisant les jambes à ce qu'ils ne passent pas la barre. J'ai proposé d'aider la maîtresse de maison pour aller chercher une collation à la cuisine. Elle m'impressionnait parce qu'elle montait aussi bien que son mari. Je n'ai pas d'atomes crochus avec les canassons mais, la regarder monter, c'était beau. Dominer cette croupe lustrée, l'air de ne rien craindre, ni la chute ni les mouvements d'emportement de la bête. L'impression qu'entre ses cuisses elle pouvait la broyer sans sommation.

Je n'avais pas encore appris cette règle de base chez les femmes de militaires : quitter un lieu qui en contient plusieurs de notre engeance, on s'y risque au péril de sa vie. La politesse implique de faire du bruit quand on revient et, par là, de signaler sa présence. Sans cela, vous ne prévenez pas l'assemblée qu'elle doit cesser ses commérages à votre sujet.

De retour au living-room, je n'ai pas fait de raffut à temps.

« Élégante, oui, mais quel nez !... Sémite ?

— Une juive d'Algérie ? Elle cumulerait les tares ?

— Injustice de la nature. À quoi bon la doter d'une silhouette pareille si c'est pour l'affubler d'un... »

J'ai regagné l'une des chauffeuses Louis-Philippe au milieu de leur silence et empoigné plusieurs biscuits pour émietter ma peine. J'avais conscience que j'en prenais trop à la fois pour être bien élevée, mais cela n'avait plus tellement d'importance. Elles savaient avoir été entendues et elles se sont comportées comme du miel pour la fin de la petite dînette. Je n'ai plus prêté l'oreille à leur conversation, j'ai concentré mes sensations dans mon palais, mes dents qui mâchaient vigoureusement les sablés. Je broyais ça dans ma bouche et j'avalais.

J'avalais.

« Votre nez embrasse vos lèvres. » Jolie façon de parler de ce nez qui m'embarrassait fort depuis mes quatorze ans où il avait soudain triplé de volume et triché de forme. J'ai toujours pensé que c'est avec cette phrase que Norbert m'avait séduite. Que je m'étais décidée à lui dire oui, seulement à cause de cette phrase.

La bosse aurait suffi à me rendre vilaine. Mais il avait fallu que le ciel en rajoute, que mon appendice descende presque jusqu'à toucher le pli de ma lèvre supérieure. Ces saletés avaient raison : *avec un nez pareil…*

Je me rappelle être partie après des salutations de rigueur, celles que nous enseignaient les livrets de bonne conduite ou notre éducation.

De retour dans notre logement, un peu sonnée, j'ai fait les cent pas, arpenté les pièces, repensé au salon où je venais d'être rudoyée. J'ai songé à son agencement, combien il était différent du nôtre. Ces bonnes femmes paradaient avec des toiles de salle de vente, des portraits d'ancêtres exhibés comme des morceaux choisis. On montrait les bonnes personnes, dans des cadres adaptés. Les fauteuils portaient leur histoire de France, de régiment en régiment. Les tapis foulés par du beau monde. Ce qu'on appelle le bon goût et sa pointe d'orgueil généalogique.

Moi, j'aimais l'accumulation et le trop-plein. Le surchargé, pas l'épure. Mis à part les couleurs vives aux murs, Norbert me mettait peu d'interdits. Je nous entourais, mon mari, les enfants et moi, de babioles, oiseaux en biscuit, aquarelles sans grande valeur, souvenirs d'Algérie. Sur des photos aux bordures hétéroclites, des femmes posaient, se ressemblaient, seul le chic leur appartenait, l'élégance comme un bien matériel auquel s'accrocher. J'aimais les intérieurs théâtraux avec de la démonstration. Je voulais en mettre trop, en faire trop.

Alors c'est venu comme une intuition. Une intuition sur ma vie et sa direction. J'aurais beau marcher au pas, me fondre dans ces décors de garnison, tendus comme une toile rêche, j'aurais beau me soumettre au sobre dans la tenue ou la conduite, mon intérieur continuerait de déborder, et quiconque le visiterait soupçonnerait la dissimulation, le possible faux pas, la trahison de quelque chose de confus, qui s'appelle peut-être l'ordre, les manières, ou le droit chemin.

Oh ! mais à quoi bon se battre contre ce qui s'échappe malgré soi ? À quoi bon me battre contre moi-même ? À moi la surcharge et l'excès. À moi le mauvais goût. À moi le mauvais rôle.

Les jours qui ont suivi, je dormis peu. Je passais des couches de blanc sur les murs de la cuisine. Je pensais.

À la façon dont j'allais me venger.

Sa sœur

J'ai toujours détesté les hommes. Ma haine glissait de l'un à l'autre, les étreignait sans distinction. Le directeur de Saint-Dom'. Le prof de cathé. Les garçons de la classe. Je sentais grandir comme un instinct en moi de tous les haïr.

Pas de trauma répertorié. Pas de première fois. Pas de scènes dont j'aurais pu être témoin et qui auraient fondé ma peur ou mon rejet sur du réel et du concret. J'y réfléchissais quelquefois, sans jamais parvenir à en trouver la racine. Je finissais par penser au mécanisme d'une préférence alimentaire – dans mon cas, d'un dégoût – brute et innée. Ou peut-être qu'il avait suffi d'imaginer. De tendre l'oreille. De reculer et refuser. J'ai avalé ma solitude, perdu l'habitude de l'indignation, accepté un repli tranquille, enfermée chez moi, avec moi.

Au bout d'un an à vivre seule, j'ai eu envie de consulter. Je trouvais ça adulte. J'ai choisi une psy au hasard, pas trop reuch et qui accepterait de me prendre par visio uniquement. Dès la fin de la première séance, j'ai voulu marquer un grand coup. La connexion était parfaite, je savais que ma phrase ne serait pas cisaillée en deux – ce qui aurait eu l'inconvénient de lui faire perdre de sa force.

« Je hais les hommes », j'ai dit, calmement. Puis : « Je voudrais tous les buter. »

Je m'attendais à ce que la psy échoue, sans avoir une idée claire de la manière dont ça se manifesterait. Au lieu de ça, elle m'a regardée à travers sa caméra, sans ciller. Puis elle a pris une inspiration profonde, et j'ai senti qu'elle cherchait une image.

« Au fond, c'est vous qui avez la puissance. Votre vagin est un piège. »

J'ai regretté de pas avoir pensé à déclencher la fonction « enregistrement » sur Zoom.

Elle a poursuivi en gesticulant – la métaphore du piège avait l'air de sacrément la convaincre.

« Votre vagin peut choisir de libérer la verge qui s'y introduit. Ou bien se refermer dessus pour toujours. C'est à l'homme d'avoir peur. Je vous assure que, anatomiquement parlant, vous avez le dessus. »

Elle était si drôle que je l'ai gardée. Depuis, je l'écoute disserter une fois par semaine. Il arrive qu'elle se trompe méchamment, surtout quand elle veut me rappeler pourquoi je la paye. « Gabrielle, vous êtes ici pour essayer de vivre normalement » ou « Gabrielle, vous êtes ici pour guérir de vos phobies ». Là, vraiment, je suis obligée d'intervenir.

Après cette toute première séance pour mon bien, Lolo m'a téléphoné et j'ai osé une question, contrairement à nos habitudes. « T'y crois, toi, que notre vagin c'est comme un gant qui avale leur truc et que, nous, on peut les retenir avec ? Et que, eux, ils peuvent pas s'échapper ? Et que ça les fait flipper, les mecs, et que leur violence si ça se trouve vient de là, qu'en fait ils ont juste peur de rester coincés chez nous ? »

Son inspiration profonde m'a troublée parce qu'elle ressemblait pas mal à celle de la psy. Le « chez nous » l'a inspirée. Elle m'a raconté son unique fois avec un certain J-B, un genre de logicien. Ils avaient terminé une bière dans une cave à flammekueches, et elle commençait à rassembler ses affaires pour lui signifier qu'il était temps. « Sauf que, là, le type recommande deux demis, et il me sort, les yeux dans les yeux : *Je fais des exercices de visualisation créatrice tournés vers la femme. Je m'efforce de me mettre à votre place. Tu vois, je sais ce que c'est qu'une femme qui a peur.* » Il lui a exposé un problème insoluble. Si Gloire venait chez lui, elle pouvait légitimement craindre qu'il l'agresse et la séquestre. Et, si le J-B se rendait chez ma sœur, il saurait où elle habitait et pourrait donc la harceler, si jamais par exemple elle décidait de le quitter brutalement et qu'il était du genre à ne pas lâcher l'affaire.

Heureusement pour mes synopsis, quand elle voulait tirer son coup, Lolo avait la parade facile. « Je suis diagnostiquée MP, mon grand. M pour *malade*. P pour *psychiatrique*. Alors deux choses sont certaines : c'est toi qui vas flipper, quel que soit l'appart. Et c'est toi qui vas me quitter. » Le type avait payé l'addition et ils étaient montés chez lui.

Aux dires de Lolo, c'était juste un bandeur mou. « Je connais leurs feintes par cœur, aux semi-molles, t'as beau leur expliquer que leur profession c'est pas de te défoncer au gourdin, ils délayent le moment de s'y mettre. »

Même sans changer de voix, elle avait le don pour me restituer les dialogues. J'avais l'impression d'entendre le gars et sa connerie. Elle me posait gentiment le décor. Les lardons détrempaient leur graisse sur la pâte en manque de cuisson et la mousse de bière me titillait la moustache.

On traversait la soirée ensemble. On en sortait vivantes. Éternelles gagnantes. La peur n'avait plus sa place.

Sa mère

Quand François a abandonné la carrière militaire, à l'âge de quarante ans, il a bien fallu qu'il l'admette : il existait une catégorie de femmes qui travaillaient en plus d'élever des enfants et de s'occuper du foyer. Et elle était loin d'être une catégorie hors norme. Elle était la norme. Moi, nous, les femmes de militaires, les épouses de ses camarades officiers, nous ne collions plus avec le modèle de ce que devait être une femme aujourd'hui. Nous vivions hors du temps depuis presque vingt ans, et lui s'en apercevait seulement maintenant.

Tous les matins, il quittait notre appartement pour rejoindre son nouveau bureau, à l'endroit qu'on appelait encore le quartier neuf, les Costières, bâti sur les vestiges de l'ancien stade de foot, à deux pas du Kinepolis.

J'ai tout de suite identifié le potentiel érotique de ces femmes, deviné l'emprise qu'elles auraient sur lui. Elles étaient ses collègues dans cette entreprise privée du secteur de l'agroalimentaire où il avait retrouvé du travail après avoir quitté l'armée. Elles étaient tout à la fois. Mère, travailleuse, épouse, corps. Une identité totale, bénie, cohérente, jusqu'alors inconnue au bataillon. Elles étaient la femme d'à côté.

Il n'a pas résisté longtemps. J'ai compris qu'il aurait des aventures avec certaines d'entre elles. Qu'il n'irait pas chercher bien loin, tout simplement parce qu'elles étaient là, à l'étage. Inutile de se fatiguer à rencontrer. Inutile de s'employer à provoquer quelque chose. Il suffisait d'attendre, l'attrait de la nouveauté et la proximité feraient le reste.

Sa libido, sans doute pas ample mais cadencée, a baissé d'un seul coup parce qu'il était, je suppose, trop occupé à le faire plus régulièrement avec l'Autre. Souvent, l'assaut du dimanche sautait et c'était repos.

J'ai décidé de ne concevoir son existence qu'au singulier, mais sans doute l'Autre était plusieurs. Peu importe, elles étaient un tout.

À moi le repos. Repos pour la femme du soldat.

À force de repos, j'ai manqué de vigilance. Ça m'arrive.

Par exemple, tout à l'heure, quand j'ai crié que Gloire s'était fait refaire le nez. Je m'en veux encore.

Je ne dois montrer AUCUN signe d'étonnement, ou la nana jugera dans sa tête ou posera des questions. Elle soupçonnera que, depuis des années, je ne voyais plus ma fille. Ça ne la regarde pas. Je ne veux pas qu'elle le sache. Je sais faire semblant. Je ne suis pas un AMATEUR.

J'ai appris à ne montrer AUCUN signe d'étonnement quand François rentrait le soir les cheveux à l'arrière de sa nuque encore humides, récemment douché. Ou quand je vérifiais ses poches de pantalon avant de lancer une machine.

J'y retrouvais des tickets de caisse sans ambiguïté. Et ces petits sachets de sucre imprimés au logo d'une chaîne d'hôtels moyenne gamme. Je jetais les notes et les sachets de sucre, et je mettais en route le lave-linge, un cycle éco à 30 °C, comme d'habitude. J'étais parfois tentée de me tromper de programme pour étrécir ses vêtements. Qu'il interroge les effets de l'âge sur sa silhouette ou se sente comprimé pour un rien. Mais je ne cédais pas à la colère médiocre, à l'indignation commune. J'étais parfaite d'indifférence.

C'était ça ou perdre mon mari. On ne doit surtout pas. Perdre son mari.

Pour éviter le pire, le laisser faire et lui rappeler, par mille détails du quotidien, que mieux vaut tout avoir. L'Autre *et* moi. Surtout ne pas quitter le foyer. Ne pas quitter la base, qui est le refuge le plus sain, le plus désirable, le fondement où je suis, où je me situe, où j'existe.

Inutile de parler. Lui prouver, par des actes simples, qu'il aurait tout à gagner à ne pas faire de choix. Imiter le serviteur muet : la tenue du lendemain est prête la veille au soir. Les repas sont servis à heures adaptables, les menus cohérents en fonction des saisons.

L'ordre est partout et c'est un ordre réconfortant, l'ordre du chez-soi. *On sait ce que l'on perd, pas ce que l'on gagne.*

Sa grand-mère

« Madame Navarro ? C'est moi, Khadija. Je viens vous apporter votre verre d'eau et… »

Je la fixe pour la mettre suffisamment mal à l'aise et la contraindre à me parler de ce qui accompagne le gobelet, ce cachet de la taille d'un ongle qu'elle tient dans la paume de sa main.

« On m'a dit que c'est un anxiolytique, mais léger. C'est à cause de la nouvelle du décès de votre petite-fille, ça risque de vous provoquer du stress. Vous savez, ça ne peut pas vous faire de mal. »

Sans la lâcher des yeux, j'avale leur assommeur. Face à ma docilité, la petite se détend illico.

« Je ne voulais pas être indiscrète, madame Navarro, mais j'ai vu la photocopie de votre carte d'identité, à l'accueil. Vous êtes née en Algérie. Moi aussi. Sauf que, à votre époque, on disait *Duvivier* et maintenant ça s'appelle *Bouchegouf.* »

Les noms changent et disparaissent. Je suis bien contente parce que, en cherchant dans ma tête, j'ai retrouvé. Le nom de la femme par qui tout a commencé. Ma petite camarade de garnison. Je me rappelle ma première… cliente, Gisèle. La première d'une longue série, d'une longue série d'adultères que j'ai pour ainsi dire facilités. J'ai rapidement pris goût à arranger les petites aventures de mes clients. Peut-être que j'étais à leur botte. Peut-être que c'était mon adultère à moi par eux. À travers eux.

Oh là oui, je me rappelle. Nous étions toujours à Saumur, et j'évitais soigneusement ces saletés du *tea time*. Quelques jours s'étaient écoulés depuis que j'avais surpris leur conversation à mon sujet. Et puis je l'ai rencontrée. Je n'avais jamais vu de narines aussi jolies. Elle s'appelait Gisèle, Gisèle d'Adhémar de Rouergue, et son nez était de la taille d'un dé à coudre, en trompette. Un bijou. Norbert a dit : « C'est une vieille branche aristocratique, mais moins que celle des de Beauregard. » Va savoir pourquoi, les bonnes femmes ne se font pas toujours de cadeaux entre elles. Pourtant, avec moi, cette Gisèle a été d'une gentillesse exquise.

J'entendais des femmes chuchoter quand elle passait faire ses commissions sur le marché de la garnison. Tout le problème venait de lui. Lui, son mari. Un homme porté sur la boisson. Il totochait sec et ça se savait dans tous les baraquements. On disait qu'il lui gueulait des insanités mais ne la frappait pas. On le disait comme si elle avait eu bien de la chance que ça se passe ainsi.

Le fils de Gisèle avait deux ans de plus que mon aîné, et elle, automatiquement, elle a proposé de me donner sa garde-robe. J'étais embarrassée pour ses prochains à qui celle-ci servirait sans doute, mais elle m'a assuré que, des prochains, il n'y en aurait pas. Son mari, la boisson devait l'avoir attaqué par tous les bouts.

Un après-midi, nous sommes convenues qu'elle viendrait chez nous déposer les vêtements et prendre une collation. Je savais de quel côté de la caserne j'allais les voir débarquer, mère et fils, et je patientais déjà depuis un bon quart d'heure, mon sale museau collé à la vitre, quand j'ai vu apparaître l'étrange duo. Gisèle marchait d'un pas morne derrière son petit. Ça m'a d'abord serré le cœur. Est-ce qu'elle venait de se disputer avec son totochard ? Est-ce qu'elle était soucieuse parce que donner les vêtements lui rappelait qu'elle n'aurait pas d'autres mioches ? J'étais en train de m'apitoyer sur son sort quand j'ai compris.

Quelque chose retenait le pas de mon invitée, diminuait de moitié son envie d'arriver à l'heure. Et ce n'était pas la tristesse ou le souci. Non, la cause du ralentissement était un grand échalas aux épaules exagérément tendues vers l'arrière, en coq de basse-cour, les cheveux noirs plaqués par la vigueur des coups de peigne. Ça se jouait à peu mais, comme pour les vêtements bien coupés, tout est toujours une question d'axe ; il faisait mine de regarder le gradé avec lequel il conversait. Je n'étais pas dupe : il regardait par-dessus sa tête, il fixait non pas le vide mais Gisèle. Et elle le fixait, lui. Gildas de Beauregard. D'une main qui agace, son fils la ramenait au dur réel et au devoir de ponctualité.

Je suis née à Bouchegouf. De notre temps, on disait « Duvivier ». En Algérie, j'ai appris à manquer l'école, à cueillir les figues de Barbarie les plus mûres planquées au milieu de leur cachette hostile. J'ai appris à conduire la camionnette décatie que mon père charriait pour mener fruits et légumes sur le marché du centre-ville. De mes quelques talents, c'est à mon permis de conduire que Gisèle a dû sa félicité.

Sa sœur

Le prêtre parle et chante sans micro. Après un silence bien démonstratif, tête baissée, il déclare : « Laissons la parole aux proches, laissons-les témoigner, nous dire leur Gloire. »

La cousine a besoin d'un micro, elle. Pour donner du coffre à sa peine. Qui, sinon, entendrait son gros chagrin en forme de filet de voix ?

Je pourrais me lever. Lui arracher le micro et faire des gestes obscènes avec le manche dans ma bouche. Première étape. Ensuite parler dans le micro avec une voix pénétrée, envoyer des silences pour marquer mes fins de phrase et capter mon public.

Dire :

Elle ne tenait pas un job plus d'un an.

Elle mythonnait pas mal.

Elle couchait beaucoup.

Elle a avorté deux fois.

Elle disait avoir des problèmes de fric mais elle en prêtait à tout le monde.

Elle citait des prénoms d'inconnus comme si je les connaissais depuis toujours.

Elle a quitté la maison sans un mot, sans une explication, et, vu qu'elle était majeure, on n'avait pas le droit de faire grand-chose.

Elle avait supplié les parents de lui offrir un couple d'oiseaux qu'elle avait appelés « boule » et « bite ». Des inséparables.

Elle s'est suicidée à la tisane Éléphant. Comme dirait ma mère : « Une marque de grande surface. »

La cousine qui lit son mot de douleur s'interrompt quelques secondes. Elle sort un mouchoir entamé. Se tamponne les narines. Reprend sa lecture.

Elle a l'âge de Lolo. Deux poissons du mois de mars. Chaque année, on leur faisait le coup de l'anniversaire familial avec la cousine du même âge. Un jour de génoise à bougies, notre cousine lui a offert une remarquable minute de sociologie : « Ma maman, elle dit que tu fais pas de ton milieu. »

Dans le texte qu'elle lui a écrit, Lolo a toujours dix ans.

« Dix ans pour l'éternité », elle conclut, la cousine.

Elle la fait crever encore plus tôt. Mamie dirait : « C'est moche. »

Sa mère

Je suis toujours seule avec ma fille. La nana est revenue quelques secondes, a porté la main à sa poche de pantalon, est sortie précipitamment dans le couloir, au téléphone. Est-ce qu'elle parle de moi à quelqu'un, à un SUPÉRIEUR ? Ma fille, je ne l'ai pas reconnue tout de suite, est-ce qu'il faut me dénoncer, en parler à quelqu'un AU-DESSUS ? Je sens une quinte de toux qui grimpe et je salive pour la faire passer. Je ne voudrais pas être obligée de me racler la gorge comme ça dans un lieu presque public, c'est un peu cradingue.

La lumière au plafond frémit comme une mite en plein vol.

Quand le néon se stabilise, la lumière éclaire le visage de ma fille d'une teinte peu seyante, ça bleute le jaune et fait ressortir des cernes profonds. Je me rapproche pour mieux regarder sa peau et en avoir le cœur net. J'avais raison : Gloire achète du fond de teint bas de gamme. Trop orangé pour sa carnation. La crème teintée forme des peluches dans les plis de son menton et sur les ailes de ce nez. CE NEZ.

Est-ce que tout le monde préfère ce type de nez-là ? Arête droite légèrement relevée, retroussée, ailes régulières au bombé sans exagération.

À quoi ressemble son pif, à l'Autre ?

François me trompait et je me sentais libre. Une forme de soulagement. Parfois j'avais peur. Peur que l'Autre soit trop naïve et qu'elle veuille de mon mari au quotidien. Qu'elle ait la faiblesse de penser qu'elle pourrait y arriver. À vivre avec mon mari comme si c'était elle, l'épouse.

Quand je sentais que ma conversation fatiguait François ou que quelque chose lui donnait du vague à l'âme, que j'avais peur qu'il pense à l'Autre en étant dans la même pièce que moi, alors je parlais de nos filles. Elles étaient ma carte gagnante. L'aînée qui nous bassinait pour suivre sa scolarité par le CNED après son bac, au lieu de fréquenter ses congénères en chair et en os. Sa sœur qui menait sa vie.

Initialement, je n'avais pas l'intention d'évoquer l'épisode un peu curieux que Gabrielle m'avait raconté quand nous étions rentrés d'une cueillette de jonquilles ou de chanterelles. Cette histoire de « Je vais me jeter » qui avait réduit à néant les bienfaits de la promenade en forêt cévenole.

Mais un soir où il avait le regard fuyant, j'ai quand même eu l'idée de le ramener à moi en glissant un mot sur Gloire. Il s'est arrêté de nettoyer la box SFR, comme il aime le faire le dimanche avec une lingette pré-imbibée. François a ensuite continué de lustrer le noir intense de la box : « Elle nous cacherait des choses, tu crois ? Un chagrin d'amour ? »

Notre fille avait menacé de se défenestrer, et François parlait de chagrin d'amour. Complètement à côté de ses pompes. J'ai stoppé net la conversation, soulagée. Inutile de poursuivre : il n'était pas encore assez mûr pour me quitter.

Sa grand-mère

Elle prend la télécommande, allume le poste et augmente un peu le volume. J'aime la 2. C'est une bonne chaîne, avec des programmes de qualité. Quand je ne sais pas quoi regarder, automatiquement je mets la 2. Elle reste immobile à côté de moi quelques minutes. Khadija paraît fatiguée. Elle a dû se faire enquiquiner par une de ces bonnes femmes qui hurlent. Hurlent, hurlent, hurlent. Ou par la vieille dingue au limoncello. Je le vois à sa façon de se frotter les yeux dans le creux des mains, qu'elle en a soupé. Elle s'assied au pied du fauteuil que j'occupe, à même le sol.

Tiens, c'est pas habituel que ça passe à cette heure-ci… L'inscription, dans un rectangle en haut à droite, me rassure. Rediffusion d'*Affaire conclue*. Je comprends mieux. Tant qu'ils ne me sucrent pas mon Nagui, je n'ai aucune raison de me plaindre. Et puis j'aime assez cette Sophie Davant. Elle a l'air de mener sa barque. Elle sait ce qu'elle veut.

Je voudrais lui raconter à la petite. À Khadija. Mon mari, Norbert, n'était pas bavard, mais il arrivait qu'à table il se confie. Je me suis toujours bien débrouillée en cuisine, et ça devait avoir un rapport avec la qualité du dîner. Je posais des questions en même temps que je le resservais, pour l'encourager à poursuivre si jamais il avait des pannes. Les de Beauregard étaient des sans-le-sou, il m'a raconté. De ceux qui ont les vraies tours de vrais châteaux mais pas l'argent pour monter jusqu'en haut sans risquer de finir culs-de-jatte. J'imaginais des escaliers en bois, des planches gonflées d'eau et prêtes à s'effriter sous les pas de baronnes, à ensevelir des tas de gens importants invités là pour un énième baptême. Gildas de Beauregard, le coq qui faisait vibrer le plus beau nez de la garnison, s'était marié à une moins noble mais plus fortunée que lui. J'apprenais. Son épouse était une des femmes présentes lors du fameux *tea time*. Une de celles qui avaient dit pis que pendre à mon sujet. Je la tenais, ma vengeance.

On a commencé à se fréquenter, avec Gisèle d'Adhémar de Rouergue. Cela faisait plaisir à Norbert que je me sois fait une bonne amie. En présence de Gisèle, je prononçais fréquemment le prénom « Gildas ». Je prétextais que c'était celui de mon filleul pour le servir à toutes les sauces. J'observais son petit mouvement des lèvres, une ouverture pour laisser s'échapper un soupir discret mais enthousiaste. Je les imaginais ensemble. Lui un peu grand pour le lit. Elle l'assurant de tout ce qu'elle aimait, sa taille trop haute, ses épaules trop larges, ses cheveux plaqués à l'excès.

Je les envoyais en l'air à satiété mais, dans la réalité, la bienséance les empêchait de passer à l'acte. La bienséance et la géographie.

Tromper, j'en avais l'intuition, n'était pas une question de morale, plutôt une question de temps et d'espace.

À l'époque, les hommes avaient le droit de sortir de la garnison comme bon leur semblait – à condition de ne pas découcher hors période de manœuvres et entraînements. Pour les femmes, c'était plus compliqué. Des uniformes nous interrogeaient aux portes sur les raisons de notre sortie, consignaient nos heures de départ et de retour au bercail. On ne partait pas en goguette pour le plaisir, puisque notre plaisir était organisé sur les baraquements. Un coiffeur pour nos envies de permanente, un cinéma pour nos envies d'émotions et même un dancing pour nos envies d'exploser. On avait de quoi.

Sa sœur

Elle disait : « Je t'appelle au sujet de mes frasques. » J'associais facilement le terme à son prénom, mais le site *Larousse* le définissait comme un écart, alors que dans son cas, *frasques*, c'était plutôt sa manière, pleine et entière, de vivre.

Par flemme de retrouver son kit mains libres, elle me mettait sur haut-parleur et continuait de circuler dans son appart. La conversation durait parfois plusieurs heures, le cycle de ses activités créait des moments de suspense involontaires dans son histoire. Elle devait trouver un truc à manger, foncer aux chiottes, fumer une clope ou faire sa toilette. Je l'entendais s'acharner sur une plaque de gaz, tirer la chasse, cliqueter un briquet ou laisser l'eau couler, et j'aurais pu gueuler : « Lolo, ferme le robinet quand tu te brosses les dents ! », et elle aurait mieux senti ma présence dans sa salle de bains.

Pendant tout ce temps, moi, je notais. Je m'asseyais sur le lit, dans la même position que pour mater Patrick McGoohan, tête calée sur l'oreiller haut dressé, genoux repliés. Je tapais le plus vite possible sur le clavier tactile de ma tablette, ce qu'elle me disait, de manière fragmentaire, avec des manques, avec des fautes. Lolo aurait pu être assise par terre au pied de mon pieu, en tailleur, occupée à se lever un poil incarné ou à faire un raccord de vernis, pour me parler comme une amie à une amie.

J'étais proche d'elle.

Elle ne me donnait pas l'impression de retenir quoi que ce soit, elle ne s'épargnait pas, ne s'économisait pas. Une fois qu'elle avait décidé de me donner quelque chose, elle se lançait, généreuse de ses récits, éclatante. Parfois elle m'annonçait un programme et en changeait en cours de route, parce qu'elle s'en était envoyé plusieurs dans la semaine mais hésitait à les évoquer dans l'ordre ou par thème.

J'aimais particulièrement la catégorie « grands écrivains ». Ils se chauffaient sévère par SMS, en lui exposant des fantasmes comme des listes Franprix mais, une fois devant son corps vrai, se retrouvaient là, comme des cons, à bander devant un Caddie vide. Elle les repérait facilement. Ils ponctuaient leurs délires de « J'espère que je ne te choque pas », « Tu me dis si je te choque, hein ? ».

Ils ne pouvaient pas savoir que rien ne la choquait, que c'était son rôle à elle de tester leurs limites, sans respect pour ce qui se disait ou non, ce qui se faisait ou non. Comme cette fois où, prenant le TER pour un week-end en duo à Montpellier, elle s'était savamment essuyée avec le papier SNCF, reconnu pour sa texture unique, du genre qui reste bien accroché. J'imaginais le type découvrir un aven tissé de fibres incarnates entre les cuisses de Lolo.

« Personne n'en parle, du PQ collé pendant le cuni ! »

Personne ne cherchait non plus à se recrépir la vulve de papier toilette à dessein. Mais j'évitais de le lui faire remarquer.

Dans sa galerie, j'avais aussi un faible pour les « verges-accordéons ». Ces types qui craignaient que leur organe, dans certaines positions, se plie en deux. Une phobie très répandue, aux dires de ma sœur.

« Là, j'en ai aspiré une dans ma bouche. J'ai vérifié, il avait la peur dans le regard ! Le mec s'est pris pour un K-way. Tu vois, les manteaux de pluie qui se replient et ça fait comme une banane à zip ? Pareil. Il avait peur d'être rangé dans sa propre boule. »

Sa manière de m'interpeller pour tester son pouvoir de fascination, son habitude perturbante de distiller l'humour dans les moments les plus crus, au milieu d'un léchage de plis d'anus ou d'une recherche de prostate : je voulais tout d'elle, tout lui prendre. Tirer le meilleur de ses histoires et de sa manière propre à elle de les installer. La voler, la piller, m'améliorer dans mon travail. J'avais des crampes à force de passer d'une émotion à une autre. Elle savait être violente, et ça me donnait de l'ambition. Je voulais qu'elles ressentent ça, mes petites mamies des Jardins d'IDUN.

Je crois que je rentrais dans sa condition. Que par ses récits, elle me laissait accéder à un peu de ce qu'elle traversait, ses secousses, dans le cœur comme dans le cerveau. C'était dur de tenir. Lolo me faisait rire et elle me faisait peur aussi, et je l'admirais d'être capable des deux. Elle menait une vie radicale, dans un genre opposé au mien. Elle engloutissait autant que je rejetais, et c'était beau d'être comme deux versants d'une même sœur.

Sa grand-mère

Je reconnais sa petite chemise blanche ajustée, sous sa veste de costume. Il porte rarement le pantalon assorti, le plus souvent il est en jean. Remarque, ça lui va plutôt bien. Je le trouve très séduisant, ce garçon. C'est un Arabe, un Arabe très bien. Ça fait longtemps qu'il travaille à la télévision. Nagui présente un nouveau « Maestro ». Enfin, *nouveau*, tu parles : on ne connaît que lui. C'est le petit qui a pris une année sabbatique pour réviser son répertoire de variété française. C'est un redoutable.

Elle devrait être partie. Pourquoi ne quitte-t-elle pas ma chambre ? Elle sait qu'elle n'est pas autorisée à traîner ses guêtres par ici. Khadija fait mine de se diriger vers la porte qui donne sur le couloir pour sortir mais, au lieu de ça, elle a un geste. Un geste un peu curieux. Elle appuie sur un bouton qu'on pourrait confondre avec un interrupteur. La sonnette d'alarme. Elle vient de la couper. Je sais qu'elle n'a pas le droit. Elle le sait elle aussi, forcément. Si elle se faisait prendre…

La petite me regarde. Elle ignore ce que je comprends mais, dans le doute, elle pose un doigt sur ses lèvres pour marquer le secret entre nous.

Ensuite elle me tend la main et elle m'aide à lever mon derrière du fauteuil. On s'installe toutes les deux sur le lit médicalisé, par-dessus la couverture en patchwork de ma confection. C'est ma première. Elle m'a accompagnée partout. Depuis ma petite auto jusqu'à la chambre des gosses. Aude a dû négocier pour que je la conserve. La directrice l'avait mise en garde : il ne s'agit pas d'un couvre-lit réglementaire.

Le matelas a beau être étroit, chacune y trouve son compte.

Khadija n'a pas retiré ses chaussures en plastique, mais je suis mal placée pour lui en faire la remarque. Moi aussi, j'ai encore mes machins à nœud-nœud aux pieds. Nœud-nœud pompon. On les enfile comme des chaussettes. La semelle est piquetée de crampons en plastique pour éviter que je me casse la figure. Ils nous humilient avec ça. Les aides-soignantes ont les pieds dans des sabots vilains comme tout, et nous dans des pantoufles. On n'a pas le pied urbain. Si nous filions à la british, nous serions de suite repérées, à nos pompes.

On a fait ça sur du temps de loisirs, Gisèle et moi. J'ai proposé à mes fils d'inviter le sien, son petit d'Adhémar de Rouergue. J'avais fait frire des beignets parfumés à la fleur d'oranger. Un plein saladier. Les gamins n'en revenaient pas. D'habitude, je rationne. Ils allaient s'en donner à cœur joie, s'empiffrer et oublier notre absence, orgie d'air frais et de sucre cristal.

J'ai tout de même franchi le barrage avec la peur qu'il nous arrive un pépin. Au bonhomme en uniforme, j'ai dit que je devais me rendre en ville pour consulter un médecin des femmes, mon mari était au courant. J'avais l'habitude qu'on me demande pourquoi ce n'était pas lui, au volant. Je répondais : « Je me chauffe moi-même », ce qui avait le mérite de faire rire les plus grivois en même temps que de rappeler à quelle espèce j'appartenais. À celle des femmes qui avaient le permis. Une rareté ici, en garnison. Mes parents n'avaient pas pu venir à mon mariage mais ils m'avaient fait cadeau d'une voiture, rachetée à un cousin de Constantine et rapatriée de l'autre côté de la Méditerranée. Avec ma Singer, c'était la seule chose que je possédais vraiment. Ma petite auto.

L'homme a marqué, comme je le prévoyais, un léger recul quand j'ai prononcé « médecin des femmes ». Il a noté mon nom et mon heure de départ avec du dégoût dans son stylo.

Une fois en route, j'ai retiré la couverture en patchwork du monticule logé là où d'ordinaire se calent les jambes du passager avant. Un travail de couture récemment achevé. Le tissu a tremblé et le dos s'est redressé tout doucement. Gisèle s'est assise sur le siège. Elle s'est blottie dans la couverture le temps du trajet, comme si ses tremblements n'étaient qu'une affaire de température.

J'ai quitté la voiture sur le parking de la pharmacie principale, en laissant les clés sur le contact. Je suis rentrée chez un marchand de journaux au moment où de Beauregard en sortait. On a légèrement baissé la tête, lui et moi, pas tout à fait comme un salut. C'était le signal qu'il pouvait la rejoindre. J'ai pris mon temps pour choisir un magazine de mode avec des patrons de tailleurs, puis j'ai erré dans un quartier de la ville, résidentiel et désert. Je ne risquais pas d'y croiser des « Mme la Colonel ».

À mon retour, une heure plus tard, Gisèle était de nouveau seule dans ma petite auto. Au vu de la jauge d'essence, ils avaient dû suivre mon conseil et rester sur le parking. « Le plus exposé, le plus discret. »

Gisèle tremblait toujours mais, cette fois, c'était un frémissement d'un autre genre.

Au moment de se glisser sous le patchwork pour passer le barrage, elle a eu un geste. Un geste un peu curieux. Elle a ouvert la pression de son sac à main et en a sorti un billet. Je ne voyais aucune raison de ne pas l'accepter. Le matin même, Norbert m'avait donné de l'argent pour payer la gynécologue.

Donner c'est donner.

Sa mère

J'entends Gloire soupirer parce qu'elle n'aime pas que je fouille dans les affaires des autres. Mais c'est trop tentant, je m'ennuie, je suis seule, et il suffirait que je me torde un peu le dos pour atteindre le papier. Il dépasse de la poche de la veste de la nana, pendue à la patère sur le mur, tout proche de moi.

Je ne peux pas avoir entendu Gloire soupirer puisqu'elle est morte. Je me raisonne et je tire le papier hors de la poche. C'est le programme d'une salle de sport du centre-ville, plié en deux. Le tableau présente le planning des activités proposées. C'est incroyablement varié. Fitness ciblé, cardiotraining, et même de la Zumba, sans doute pour les amoureux de la musique et du rythme.

Avec mon mari aussi, nous avons une liste d'activités. Je parle d'activités *partagées*. Celles qui permettent à un couple de durer. La liste se divise en trois catégories.

Vie amicale. Nous sommes membres des « Amis du musée de la Romanité ». Un mardi par trimestre, nous bénéficions d'une visite privée d'une partie du musée sous la houlette d'un conférencier. La plupart du temps, les guides et conférencières sont des jeunes femmes, encore étudiantes à la faculté de Nîmes. Elles n'ont pas abandonné leurs études pour le mari. IL NE FAUT PAS ABANDONNER VOS ÉTUDES POUR LE MARI. Est-ce qu'elles le savent ?

Grâce au pass Culture Occitanie, nous allons au théâtre Lafont, un soir par mois. Une poignée d'amis nous y accompagnent. Trois couples. Ils datent de l'ancienne vie professionnelle de François. Des militaires et des femmes comme moi, donc. Je m'y retrouve. Les tarifs de groupe sont avantageux.

Vie sportive. Quelques promenades champêtres dans les Cévennes. Je m'en passerais. J'ai horreur des champignons. Je repense toujours à ce film. Un gamin est puni pour avoir volé quelque chose… ou triché à l'école ?… Je ne sais plus… Il est privé de repas. Toute la famille dîne et, le lendemain, ils ont passé l'arme à gauche. Les champignons étaient vénéneux. Vol, triche et mensonge lui réussissent, au petit. C'est la morale.

Vie familiale. Épisodique mais équilibrée. Moments rares et choisis avec la belle-famille. Le dimanche, nous avions l'habitude de recevoir Gabrielle le midi. À la suite d'un petit grippage des mécaniques, nous avons été contraints de décaler la tradition de quelques heures, passant du déjeuner au dîner dominical. *Nécessité fait loi.*

Un peu de mouvement, de temps à autre, ne fait pas de mal. Par exemple, j'adore changer les meubles de place. J'habite l'appartement de la rue de la Madeleine depuis tant d'années déjà.

C'est important, pour un vieux couple comme le nôtre, de préserver ses habitudes. Même maintenant que François et moi ne vivons plus exactement de la même manière, depuis le Grand Changement, je fais en sorte de concilier habilement vie amicale, sportive et familiale. Un mélange de culture et de dialogue organisé. Comme je suis loin d'être psychorigide, je ne vais pas jusqu'à mettre tout ça par écrit. Je ne vais pas jusqu'à imprimer un planning pour l'aimanter à la porte du réfrigérateur.

Pas le genre de la maison.

Sa sœur

Progressivement, je n'ai plus ressenti le besoin de sortir. Au début, je me donnais le prétexte d'attendre les coups de fil de Lolo et je trouvais des excuses à servir aux parents, préoccupés qu'ils étaient de me voir m'encaverner. Puis j'ai quitté le domicile familial et je n'ai plus eu à me justifier de rien.

Depuis que mon travail me paye mon indépendance, je vis seule, dans une studette dégotée rue de la Madeleine, à deux pas de l'appartement des parents. J'ai commencé à gagner ma vie correctement, mais je suis restée dans la studette. L'idée d'habiter dans ce lieu meublé par quelqu'un pour un être humain lambda, que je représente, ça me rassure.

Je téléphone à l'étage de ma grand-mère quand je n'ai pas la foi de marcher jusqu'à la gare Nîmes-Centre puis d'enchaîner sur un bus jusqu'à l'Ehpad. Une des aides-soignantes décroche, on lui tend l'appareil, elle ne parle pas. J'entends sa respiration profonde et calme au bout du fil. Si elle pouvait me reprendre, elle dirait : « Au bout du combiné. »

Ça serait marrant qu'un jour Durfin les Alizés fasse appel à mes services. Pour le moment, je reste fidèle à Tilda et aux Jardins d'IDUN.

Une fois, ça m'a pris, j'ai cherché sur Internet. « IDUN », je me demandais si c'était un acronyme et ce qu'il signifiait. En fait, Idun, c'est une meuf, la déesse du Printemps et de la Jeunesse dans la mythologie nordique. C'est le genre d'humour susceptible de me rendre triste.

J'esquive la tristesse à coups de rituels, une ruse simple, une ruse comme une autre. Je vois mes parents le dimanche soir. Le dimanche soir, c'est leur nouveau dimanche midi. Sortir une fois par semaine, je peux m'y résoudre, c'est la monnaie d'échange de ma liberté le reste de la semaine. Très peu d'appels, très peu de sollicitations de leur part.

Généralement, on commande du *take away*. Un burger quand mon père choisit et du japonais si ma mère veut faire attention. Ils ont toujours plein de choses à se dire en matière d'organisation et d'affaires courantes, alors qu'ils ont passé la semaine ensemble.

Je me rappelle que les premiers mois qui ont suivi son départ, Lolo était obsédée par la famille. Elle me demandait si on parlait d'elle, quand on se retrouvait tous à table. « Alors ? Vous parlez de moi ou pas ? » Elle posait la question avec du défi dans le timbre. Au début, je mentais pour lui faire plaisir. En réalité, on l'évoquait de moins en moins, et puis un jour, elle n'a plus été un sujet. Elle était devenue comme un plat en terre cuite, encombrant et inutile, posé sur un coin de table, bancal, histoire d'être bien sûr de ne lui laisser aucune chance. Qu'il finisse par s'éclater au sol et ne plus exister.

Même mamie, douée de parole avant sa mutation en *secteur protégé*, se la bouclait.

De toute façon, fidèle à la promesse faite à ma sœur, je ne dirai rien, même maintenant qu'elle est morte.

Je m'imagine mal leur expliquer, aux parents, notre organisation, le déroulé de nos conversations téléphoniques :

> Chère maman, cher papa, voilà comment ça se passe. Je mets le haut-parleur pour prendre des notes à mesure qu'elle développe tous ces sexes, toutes ces peaux. Ça ne se termine pas toujours bien pour votre fille, ma sœur. Parfois le type a peur. Il avait une copine, il s'en souvient après le coït. Il s'inquiète de ce que votre fille, ma sœur, n'a pas insisté plusieurs fois pour qu'il enfile un préservatif, dans la folie du moment. Il trouve votre fille, ma sœur, envahissante, parce qu'elle propose d'aller acheter le petit-déjeuner.

En phase de crise, la libido d'un individu comme Lolo est exacerbée. Désir décuplé, fantasmes qui s'envisagent comme réalisables, gouffre de corps à avaler. Les dévorer, tous…

J'ai cru que ma mère me frôlait le bras. En fait elle a simplement un geste un peu brutal pour se couvrir la bouche. Ça doit être une de ses quintes de toux. On se les caille dans la maison de Dieu, mais rien à voir. J'ai remarqué qu'elle tousse quand elle est contrariée. La mort d'une de ses filles, c'est forcément un motif de contrariété.

Sa grand-mère

J'ai épousé un faible. Je l'ai compris au premier regard. Physique modeste, qui me plaisait sans m'affoler. Tempérament mou, taiseux, peut-être docile. Norbert ne chercherait ni à me dominer ni à m'écraser. Je ne chercherais ni à le secouer ni à lui demander de gagner dans l'armée des galons quelconques qui rejailliraient sur moi. Je l'aimais parce qu'il n'était pas un de ceux qui raflent tout sur leur passage et écrasent joyeusement leurs comparses. Je le respectais pour ça, sans doute l'ignorait-il. Je n'avais pas le compliment facile avec les hommes.

Mon gendre n'est pas de la même trempe. Ce n'est pas comparable. Mon gendre est un gagnant. Je l'ai toujours su, sans trop me l'expliquer. Le genre à gagner sur tous les plans.

Mon unique fille qui épouse un militaire comme si on le lui avait demandé, comme si on le lui avait appris, bien entendu ça m'a remuée. Plus encore quand il a fallu passer aux fiançailles. Les temps changent, même si c'est toujours avec un train de retard dans l'armée. La vie de garnison, cruelle comme je l'avais connue, les déménagements à répétition, tout ce cirque lui serait épargné. Mais je l'observais, Aude. Et je voyais bien que d'être au foyer, et surtout de le rester une fois les deux mioches grandies, n'était pas raccord avec son époque.

Quand elle m'a annoncé que mon gendre quittait l'armée pour une carrière civile, j'ai eu envie de lui dire : « Enfin, ta vie commence. »

Est-ce que j'en ai eu envie ou est-ce que je le lui ai dit ? Maintenant que j'ai arrêté de parler, il y a des choses qui me reviennent en tête et, si je me revois sur scène, si le décor est en place, mes paroles, elles, je ne sais plus si je les ai retenues ou si elles sont vraiment sorties. Je vais finir par perdre les méninges pour de bon dans leur réduit, à planquer ma voix.

Pas de bol. En voilà une qui fait son entrée en scène en anglais. De la voix, elle en donne, elle se démène comme elle peut. Jamais risquer le british comme ça au démarrage, jamais. Nagui n'est pas dupe, il sait que la petite ne va pas faire long feu. En gentleman, il se comporte comme si elle avait sa chance. Il explique qu'Émilie vient de nous interpréter *Eye of the Tiger*, mais la version d'Amel Bent. Un swing pareil me donne des envies de grabuge. Secouer mes copines d'étage, les extraire de leur torpeur.

Qu'est-ce que j'entends ? « Se tenir à carreau » ? « C'est déjà une chance d'avoir une place ici, une place qui se libère » ? Venez là qu'on se libère vous et moi, le temps d'une fiesta. On va l'organiser en bas, se déchaîner toutes ensemble, danser. Voilà ce qu'on va faire – j'ai un plan. L'étage fermé, on va leur montrer s'il le reste longtemps.

On va entraîner toutes les petites de l'étage avec nous, nous en pantoufles et elles en sabots. La première qui affiche une mauvaise mine, je l'attache sur une chaise de douche, plastique-trouée-minable, fesses au-dessus du vide, le pommeau collé au derrière. Je vous assure, elle va nous dicter le code des deux ascenseurs aussi sec. On va s'enfourguer dedans, toutes ensemble, et tant pis si le poids est supérieur aux prescriptions. Direction la très grande salle commune, rez-de-chaussée. Au programme, danser, mettre à sac leur messe de sainte-nitouche, leur ciné-club pour demi-cerveau, leur musique de la France lointaine. On est toutes là pour gueuler quelque chose.

Une chanson pareille, ça vous donne des envies. Oh là oui. D'ailleurs Khadija fouille dans la poche de sa blouse.

« Vous en voulez, madame Navarro ? J'en ai toujours parce que, ici, leurs desserts ils sont éclatés. C'est la vie, le mini-Bounty ! »

Viens, jeune fille, sois mon alliée, aide-moi à foutre le bordel. Un bordel monstre. Monte le son. Sèche tes larmes, Marie-Josée. Et toi, prends ta bouteille de limoncello, vieille dingue, on va la partager toutes ensemble, boire au goulot. Danser à s'en faire péter les rotules. On réussira bien à vous faire peur, rien qu'un peu. À vous agonir de nos derniers désirs, de nos dernières pulsions, saccadées, toutes à frétiller. Aucune de nous n'est en rythme, on renverse les tables, les chaises, le poste de télévision.

Voilà ce qu'elle dit, cette musique. Tout démolir.

Eye of the Tiger. Tu parles. Je ne bronche pas, je broie dans ma bouche, j'avale. Khadija m'enlève une bricole à la commissure, fragment de sa barre chocolatée.

C'est à se demander si ma Gloria n'avait pas dans le sang une envie comme la mienne d'en découdre. J'étais dure avec elle, rien qu'en pensée. De la trouver laide tout en constatant qu'elle pouvait plaire, je ne l'admettais pas. Ça m'était insupportable de me taper dans le regard cette courbe qui ne semblait pas vouloir finir de lui manger les lèvres, cette bosse en ligne de crête. J'en voulais à ce nez maudit d'avoir resurgi en sautant la barrière des générations. Et je lui en voulais, à elle, de le porter. Et sans doute aussi, de le porter si bien.

Sa sœur

J'élaborais des hypothèses foireuses sur les raisons de sa coupure et je finissais toujours par me couvrir en pensant à sa maladie. Le motif se suffisait à lui-même et me consolait.

Je la savais au faubourg Gambetta, ridiculement près, maigre détail qu'elle m'avait concédé sur sa nouvelle vie. J'imaginais qu'elle devait bosser pour payer son loyer, peut-être comme hôtesse d'accueil, puisqu'elle maîtrisait le job.

« De toute façon je suis majeure, ils peuvent m'obliger à rien. Ne pas voir sa famille est un droit. »

Elle ne voulait rien lâcher sur sa désertion. Elle disait régulièrement que j'étais la seule. La seule qu'elle continuait de voir. Ce qui était incorrect puisque nous n'étions en contact que par téléphone, le son sans l'image. Elle me le jurait comme une meuf fidèle. « Tu es la seule. »

Elle n'avait pas l'air de craindre que je vienne la traquer comme un glandu de détective. Savait-elle que je vivais façon cloître ? Que je m'étais habituée à ne plus sortir, d'abord en prétextant l'attente de ses coups de fil, puis sans chercher à me trouver des excuses ?

Une fois, elle a parlé d'un fait divers vieux et méchant qui concernait la recluse d'une ville paumée. Elle fouillait dans sa mémoire géographique.

« Attends… c'est pas Tours. C'est pas Bourges. Chartres… ? Poitiers ! »

J'ai tremblé. Est-ce qu'elle cherchait à me faire comprendre qu'elle savait que je vivais dans un meublé dont je sortais le moins possible ? Non. Elle ne pouvait rien savoir. Impossible. Simple coïncidence. Elle connaissait cette histoire parce que, invitée à une fête d'Unîmes – fac dans laquelle elle n'avait jamais mis les pieds auparavant –, elle avait sucé un thésard qui bossait sur la réception critique du fait divers en France.

« Il parlait même pendant ! J'en pouvais plus, j'avais envie de la lui pressurer pour qu'on en finisse ! »

Elle râlait mais je sentais que le récit l'avait retournée. J'ai cru qu'elle allait oublier de me décrire sa verge.

« Imagine. Une fille enfermée par le pater dans sa chambre, vingt-cinq ans à vivre sur ses propres excréments. Le père y passe mais, même veuve, la mère continue la punition. Elle végète vingt-cinq piges sur son lit au milieu des lombrics et des rats. Elle écrit des phrases mais trop trop belles sur les murs. Genre : *Liberté ! Solitude forever ! On va vivre et crever au cachot toute sa vie.*

— Punition ?

— Ouais. Apparemment, elle a connu un gars. Le père n'a pas supporté que sa fille couche avant le mariage, je suppose. »

Le pire, m'a-t-elle expliqué, c'est qu'à mesure de l'enquête, on découvrait que la recluse de Poitiers s'était habituée à cette vie, au point que la retenir captive n'était plus nécessaire. Inutile de sévir, elle se cachotait elle-même.

Vu le luxe de détails qu'elle a fournis, j'ai supposé qu'elle avait eu du mal à venir à bout du thésard. À moins qu'elle n'ait été obligée de s'interrompre à cause de l'émotion que lui déclenchait cette histoire.

On est restées toutes les deux un peu sonnées, nos haut-parleurs dans le vide, à se laisser envahir par le fantôme de cette meuf.

« C'est sale, hein ?

— Quoi ? La merde sur laquelle elle dormait ?

— Non, Gab, la vie, ce qu'on en fait. »

Sa mère

Combien j'ai détesté les bébés. J'ai commencé à moins les craindre quand ils ont parlé. Les premiers mots ont été un tel soulagement. Enfin, ils parlaient. Ils n'étaient plus seulement ce tas de chair chaude, cet amas de bave, merde, lait chaud régurgité, cheveux à l'odeur écœurante de shampoing amande douce. Ils parlaient.

Rien ne m'angoisse plus que les êtres qui ne parlent pas.

Mon père qui était un taiseux. Il m'angoissait.

Mes frères aînés qui ne s'intéressaient pas à moi. Ils m'angoissaient.

Maman. Qui parlait tant. Qui n'a plus dit un mot depuis la mort de son grand ami Roger. Elle m'angoisse.

J'ai lu qu'en fixant un point très longtemps on peut entrer en état d'autohypnose. Je fixe le nez refait de ma fille.

La nana est de retour. Vernis rosé poudré fini naturel, bout de l'ongle, en parfaite demi-lune, d'un blanc mat, ce qu'on appelle « french manucure ». Je n'avais pas fait attention à ce détail parce qu'elle portait des gants en plastique, jusqu'ici. D'une boîte en carton semblable à une boîte à mouchoirs, elle en sort une paire toute neuve. Ils claquent sur sa peau quand elle les enfile. Le rose pâle disparaît sous une bâche vert d'eau.

« Je devais prendre cet appel, c'était pour le boulot, excusez-moi. »

Elle me jette son travail à la figure. Elle me jette à la figure qu'elle travaille. Je lui pardonne.

Au moment du Grand Changement, François m'a dit : « Tu ne t'excuses jamais. »

Je suis au courant des choses. Je lis la presse féminine. Je sais qu'on reproche aux femmes de trop s'excuser.

Je m'excuse.

Pardon de ne pas aimer les bébés.

Pardon de ne pas réussir à garder mon mari.

Pardon de ne pas travailler.

Pardon de ne pas aimer les choses du lit.

Pardon de ne pas produire pour la société.

Je m'excuse dans ma tête. Je demande pardon. Oui. Je vous demande pardon.

Mais qui est *vous* ?

Qui êtes-vous ?

Sa grand-mère

J'ai commencé à devenir célèbre. Une vraie vedette, de celles qu'on nomme à voix basse sur leur passage. Ça créait une traîne de murmures. J'étais comme ces femmes qui, dans le temps, aidaient à avorter. Moi, j'aidais à tromper.

Je reprenais mon manège à chaque nouvelle caserne, au gré des mutations de Norbert. J'avais acquis des manières et de l'aisance à force de jongler entre les grades et les décorations, de lire mes brochures à m'en abîmer les yeux. J'écoutais, j'observais. Je repérais les couples fragiles, les bonnes femmes maltraitées et les aigries. J'étais attentive aux regards et aux corps qui se tordaient de plaisir malgré eux à la mention d'une épaulette ou d'un fraîchement promu.

Les bals du dimanche après-midi étaient l'occasion de comprendre qui plaisait à qui. Celle-là danse bien, pourtant elle attend du regard qu'un type un peu gauche l'invite. Celle-ci ose braver les conventions pour danser au-dessus de sa condition. Dans la danse, la hiérarchie de l'armée et de la société des hommes devenait plus poreuse. Dans le désir aussi, et je m'en délectais.

La plupart du temps, je concentrais mes bonnes œuvres sur les particules. Les dames de noble extraction ou union parlaient volontiers de bienséance. Elles évoquaient la communion solennelle d'un enfant, le baptême d'un supposé petit dernier, l'entrée d'un cousin au séminaire.

À chaque biscuit trempé, à chaque bigoterie ou propos convenu, je fermais les yeux et j'entendais leurs cris. Elles voulaient oublier la vie qu'on nous faisait subir ici, d'enfermements, de jeux de rôles et de dînettes étriquées. Ça voulait grimper à cheval, conduire trop vite, abandonner les enfants, s'envoyer en l'air, rentrer tard sans égard pour l'heure du souper.

Étais-je des leurs ?

Les voir plonger dans ce qui pour elles était pécher m'enchantait.

Quelquefois, lors du repas du soir, Norbert me regardait. Je me fondais dans mon rôle. J'étais l'épouse et la mère, au foyer. J'interrogeais les enfants sur leur journée à l'école. Je resservais qui réclamait. Je débarrassais le couvert.

Peut-être entendait-il des rumeurs à mon sujet. Peut-être aurait-il voulu m'interroger. Il ne l'a jamais fait. Je ne regrettais pas d'avoir marié un taiseux.

Les femmes, elles, tenaient leur langue comme il fallait. Assez pour que je n'aie pas d'ennuis. Pas assez pour qu'on puisse ignorer mon identité et la nature de mes services. Transport, calendrier, réservation, mise en relation.

En souvenir du billet de Gisèle, j'avais établi des tarifs. Leurs foutues brochures des armées ne valaient rien à côté de mon système à moi, limpide. Je promettais de passer une heure à tâter du torse en dehors de la garnison plutôt qu'à en rêver. Je garantissais la tranquillité du corps à défaut de celle de l'esprit. L'adultère se monnayait.

J'avais entendu parler de ces détectives privés engagés pour prouver qu'il y avait eu faute. L'homme suivait la coupable, prenait des photos d'elle en flagrant délit de pencher sa nuque vers l'amant ou de lui tendre une main en forme d'invitation. Ça se terminait en drame, le détective empochait son chèque et le mari, malgré son désespoir, rayonnait d'avoir eu la bonne intuition.

Qu'ils osent. Qu'ils essayent.

Une fois, j'ai entendu chuchoter le portrait d'une femme qui pouvait aider. Elle avait l'air formidable ; intelligente, vive, arrangeante, une femme-miracle. Quand il s'est agi de pouvoir la reconnaître, on est passé à décrire son appendice nasal, qu'elle avait fort laid.

Rien n'avait changé. Ou plutôt si : j'avais fait réviser ma petite auto. Elle servait beaucoup.

Sa sœur

Au fur et à mesure des années, Lolo a commencé à parler. Je veux dire, à parler d'autre chose que de cul. La bascule s'est effectuée sans prévenir.

La première fois, elle a sorti un nom propre, celui d'un psychiatre ou d'un nouveau médicament, je ne sais plus. Elle a donné des détails digestifs ; on lui faisait tester un nouveau traitement depuis quelques jours, et elle avait eu peur que ça la fasse grossir. Mais en fait c'était l'inverse puisqu'elle se vidait de ses intestins à chaque prise. C'était de peu d'intérêt pour moi, et difficilement réutilisable dans une commande.

L'appel suivant, elle m'a raconté les trois mois d'internement qui avaient été la plus rude expérience de sa vie pour le moment. Elle a insisté sur le « pour le moment » parce qu'elle avait une bonne capacité de projection dans l'avenir. À l'évidence, elle avait décidé de franchir un pas dans nos rapports. Elle se confiait.

J'avais besoin qu'elle me parle de ses conquêtes de queues, pas de ses troubles métaphysiques.

Comme quoi, beaucoup d'informations passent par la voix. Sans l'image, elle a compris que la nouvelle nature de nos échanges ne me convenait pas totalement et, une fois où j'ai dû manquer d'enthousiasme devant l'étalage de son mal-être, elle a raccroché. Puis, le lendemain, rappelé pour me parler d'un Gaëtan. À certains passages de leurs ébats, j'ai relevé de légères incohérences. Une tache lie-de-vin sur son pénis, s'annonçant comme un élément crucial du décor, n'a pas resservi. Ses poils pubiens, répartis jusqu'à l'avant des cuisses, ont soudain retrouvé leur implantation classique, à l'épicentre.

Mais elle a brillamment rattrapé sa partie.

Est-ce qu'elle inventait ce mec ? Peut-être pas. Après tout, il arrivait que ses descriptions et ses récits partent dans tous les sens. Qu'elle ait soudain des idées incongrues, en plein pendant l'acte. Des idées qui transformaient n'importe quelle scène de sexe en du grand spectacle. Ça correspondait sûrement à des phases où elle était en crise. Dans ces moments-là, elle était presque à bout de souffle au téléphone, à force de raconter. Je sentais des larmes fondre sa voix et ça donnait une dimension poignante à ses chutes. Peut-être qu'elle mentait. Elle mentait vachement bien.

Lolo avait compris que, pour maintenir le contact avec moi, la seule solution était de me donner ce dont j'avais besoin. Elle pouvait parler d'autre chose, mais les ébats devaient dominer.

J'apprenais à écrire ses histoires, de mieux en mieux. Peut-être qu'elle aussi.

Sa mère

La nana me parle de thanatopraxie. Ce n'est pas elle qui procédera à la toilette funéraire, pourtant elle tient à tout m'expliquer dans les détails. Par moments, elle allie le geste à la parole et désigne d'une main une portion du corps de ma fille. Elle dessine aussi des cercles au-dessus de son visage. Je comprends qu'elle arrive à la dernière étape de son exposé : le maquillage.

J'ai plutôt envie qu'on me la débarbouille. Qu'on lui enlève la couche de fond de teint. Qu'on la débarrasse de cet oripeau parme. Au passage, peut-on faire quelque chose pour ses cheveux ? Revenir à sa couleur d'origine ? Les femmes sont très brunes, dans la famille. Elles n'ont pas ces mèches vulgaires. Blond Barbie.

Gabrielle et Gloire ont insisté pour avoir des Barbie. J'en avais acheté deux, des brunes, une denrée rare. Ça n'a pas tardé. Elles le faisaient faire aux poupées, en permanence. Je m'en apercevais quand j'entrais dans la chambre qu'elles partageaient à l'époque. Les Barbie le faisaient.

Couchées l'une au-dessus de l'autre. Leurs jambes ciseaux, rigides comme des pinces de crustacés. Têtes orientées tantôt nord/nord, tantôt nord/sud.

Il fallait agir.

Je me rappelle avoir sillonné les rayons du rez-de-chaussée de JouéClub, rue de l'Aspic.

C'est la mieux achalandée des boutiques de jouets du centre-ville. J'avais demandé au vendeur de m'aiguiller ; je cherchais de la compagnie pour les Barbie de mes filles. D'abord, nous nous sommes mal compris : il m'a montré des chiens miniatures. Un cocker, un bichon maltais et un berger allemand. Le bichon faisait de l'effet à cause des poils artificiels collés en abondance sur sa queue et ses oreilles. Le berger allemand était vendu avec une muselière et une laisse rose.

« Je ne cherche pas des animaux de compagnie mais de la compagnie », j'ai rectifié. Le type a tenté de faire du zèle. Il a proposé des Ken, mais aussi des Action Man, une version plus virile, il a expliqué, qui s'accordait bien avec Barbie. Il a chantonné « Le plus grand de tous les héros… » en m'invitant à le suivre, et j'ai compris qu'il s'agissait d'un hommage publicitaire. Ça faisait mauvais genre.

Je n'avais pas eu l'idée de descendre chercher les hommes. Ils étaient rangés au sous-sol.

Je suis ressortie du magasin avec un sac de billes. Les filles avaient passé l'âge, et je le savais. Tout compte fait, je préférais que les Barbie s'en sortent à deux. Je voulais que les Barbie S'EN SORTENT.

J'ai déçu les enfants. Je déçois les enfants.

Les enfants contournent l'obstacle intelligemment pour viser la cible en plein cœur. « Unetelle, sa maman, elle nous accompagne à la sortie au cirque. » « Unetelle, sa maman, elle est venue avec nous à la station d'épuration. » Je ne m'étonnais même plus des conneries d'activités qu'on leur infligeait, dans cette école trop chère.

Je suis une femme au foyer. La société n'attend rien de moi. J'étais une mère au foyer. La société attendait de moi que je m'occupe de mes enfants. C'est tout ce que j'avais. Tout ce que j'avais à faire.

Dès que j'ai jugé que c'était possible, tôt, j'ai appris aux filles à se préparer leur petit-déjeuner. Des Miel Pops trempés dans du lait tiède. Une purge de Miel Pops mous. Je m'investissais peu dans les devoirs et encore moins dans la vie scolaire. Je n'ai pas profité du départ de Gabrielle pour m'inscrire à des cours du soir, à un atelier de poterie ou dans une association altruiste. Je n'ai pas profité de la fuite de Gloire, du départ de Gabrielle, pour donner du sens à ma vie.

Suis-je douée pour quelque chose ? Je ne sais maintenir que moi dans notre appartement. J'ai espéré y maintenir mon mari aussi. Longtemps. Jusqu'au bout. Le Grand Changement n'était pas prévu au programme. Le Grand Changement n'était pas prévu.

Je m'en suis bien sortie. Je m'en suis bien tirée. TIRÉE.

Sa sœur

On parle de signes annonciateurs du suicide. Dans le cas de ma sœur, je n'ai rien vu venir. La veille de sa mort, elle m'a téléphoné alors que j'entamais mon mélange « légumes du soleil » devant un épisode du *Prisonnier*. Je les connais tous par cœur. Je les regarde en replay sur une plateforme. Voir ce type s'acharner à lutter contre des ballons blancs sortis de nulle part pour freiner sa course à la liberté, ça me rassure. De temps à autre, ça lui prend, le gars s'époumone : « Je ne suis pas un numéro, je suis un homme libre ! » Plus je me répète sa phrase mantra, moins j'y crois.

J'ai pris l'appel et Lolo a poussé un gros soupir, chargé de promesses. Elle en avait, des choses à me raconter.

« Tu te rappelles Soufiane ?

— Kadri ?

— Ouais. Soufiane Kadri. De Saint-Dom'. »

Ils s'étaient recroisés par hasard dans un bar de son quartier. Ils avaient recouché. « C'est drôle, non ? Des années plus tard », elle avait cru bon de me préciser. C'était la première fois qu'elle retrouvait un corps.

Elle était encore chaude de sa présence, il était parti un quart d'heure plus tôt, en Uber, pour ne pas faire attendre « la miss » – c'est comme ça qu'il désignait sa fiancée.

« Ça t'a fait quoi ? » j'ai demandé, en pensant à tout ce que j'allais écrire, et que ça ferait un épisode super, cette histoire de deux personnes qui se retrouvaient après plus de dix ans, le corps et l'esprit changés par la vie, mais quand même encore pleins d'un désir intact l'une pour l'autre.

« Tout ce que je peux te dire, c'est que sa bite avait un goût de papier mâché. »

En suçotant mon hostie, je ne peux pas m'empêcher d'y penser. Est-ce que de recroiser Soufiane aurait fait remonter le souvenir de sa première crise ? De cette gifle et de cette terrasse ? De son « Je vais me jeter » ? Elle se serait dit : il y a eu un avant.

Est-ce qu'elle s'est rappelé ce qu'elle était avant de souffrir ?

Je l'imagine se formuler les choses comme dans une BD à l'ancienne, un *Astérix* ou un *Spirou*, ça atténue la tristesse.

« Cette fois-ci, c'est la bonne ! », « Sapristi ! Quel cocktail d'enfer ! », « Ça par exemple ? Des petites pilules ! Il y en a pour un régiment ! »...

Je retourne sagement à ma place. Je passe à contre-courant de ceux qui s'apprêtent à recevoir le corps du Christ. Le mec qui était juste derrière moi dans la queue prépare ses mains en coupole, en avance. Mon âge. Pas de la famille. Un ancien de Saint-Dom' ? J'essaye de l'imaginer à poil. Il a une bonne tête de pécheur.

Sa grand-mère

Ça m'inquiète un peu qu'elle zappe. Je sais bien que c'est la pub, mais j'aimerais mieux ne pas louper le moment où ça reprend. Elle s'arrête quelques minutes sur la 6. Je ne suis pas bégueule : ma fille et moi, il nous arrive de la regarder après déjeuner. M6 a de bons programmes, surtout les après-midi de semaine. Ils passent des films romantiques épatants, même si on veut nous faire croire que la plupart des histoires de fesses sont des histoires d'amour véritables. Des vessies pour des lanternes.

Khadija se redresse sur le lit, s'étire le dos en se cambrant exagérément, tapote mon deuxième oreiller et le coince derrière sa nuque. « Ça va, madame Navarro ? » elle murmure. J'aimerais faire passer mon mécontentement par le regard pour qu'elle revienne sur ma chaîne.

La chambre aspire toutes les odeurs, surtout celles des plateaux-repas. Sûrement à cause de la texture des murs, ce papier peint qui chevauche du crépi. Elle s'imbibe à présent d'une odeur de fleurs de synthèse et de propre.

Ça doit venir de ses cheveux. On sent tout de suite qu'elle en prend soin.

J'avais trente-six ans. Nous vivions à Vesoul depuis une énième mutation de mon mari. J'ai prétexté un rendez-vous au salon de coiffure, et je suis rentrée une dizaine d'heures plus tard avec des bandages et le contour des yeux tuméfié. Norbert a d'abord pris peur. Je l'ai apaisé avec des gestes des mains et je lui ai tendu un mot que j'avais préparé à son attention. Le chirurgien m'avait avertie que j'articulerais plus difficilement les trois premiers jours à cause de l'anesthésie et de la sensation d'engourdissement de tout le visage. Des années après, je me suis dit que, peut-être, j'aurais dû parler avec Norbert. Avant de passer à l'acte. Après tout, il a quitté une femme le matin et en a retrouvé une autre au dîner. Mais ce n'était pas l'époque. On ne discutait pas, avec son mari, de tout et de rien, des choses sans importance et de celles qui changeaient votre vie pour toujours.

Quand, plus tard, il a posé la question de l'argent, j'ai parlé des sommes que m'envoyaient mes parents, à certains Noëls. C'était peu crédible, nous le savions tous les deux. Mais expliquer que, des mois durant, j'avais accumulé le pécule des femmes adultères, assez pour me payer un organe neuf, n'était pas envisageable.

Il s'est occupé des enfants pendant que j'ai gardé le lit. L'opération m'avait épuisée. À qui s'inquiétait de ma santé, il répondait que j'avais eu un accident de voiture. J'imaginais certaines femmes se signer parce qu'elles auraient pu, à quelques jours près, être dans ma petite auto avec moi quand cela s'était produit.

J'avais le calcul intelligent et, peu de temps après ma remise sur pied, nous étions contraints de quitter Vesoul pour la région parisienne.

J'ai frôlé le quartier de Notre-Dame, à Versailles, avec l'impression de renaître. Des narines délicatement bombées. Un nez de la taille d'un dé à coudre, légèrement retroussé. J'avais mon Gisèle.

Une fois d'attaque, j'ai commencé à trier les boîtes de photos et les albums. J'ai sélectionné toutes celles où l'on me voyait. Un sacré paquet. J'ai pris du plaisir à les découper aux ciseaux. Les enfants m'ont aidée. Même Aude, notre petite dernière. Mon unique fille. Je la regardais grandir avec angoisse. Par chance, son nez était similaire en tout point à celui de ses frères. Hérité de leur père. Il filait droit.

Sans photos pour appuyer leurs souvenirs, mes enfants ont oublié le visage de leur ancienne mère.

La petite appuie frénétiquement sur la télécommande. Remarque, on a vite fait le tour, on n'a pas les offres du câble ici, à Durfin les Alizés.

Nagui est de retour. Il propose un jeu-concours qui n'a pas l'air méchant, à condition d'avoir suivi l'émission. C'est bête, on aurait pu essayer de gagner un petit quelque chose. Il suffit d'envoyer un SMS, elle aurait pu le faire, la gamine. Tout à fait dans ses cordes. Moi, il y a longtemps qu'on m'a sucré mon téléphone portable.

Khadija marmonne : « Je l'adore, celle-là. » Je ne sais pas si elle le dit pour elle-même ou si elle aimerait savoir si je partage son avis. Moi aussi, je connais cet air. Elle tombe souvent pour l'épreuve « La même chanson ». Cruella, la coéquipière invisible de Nagui, n'est pas commode : à la moindre broutille, elle arrête le candidat, lui coupe l'herbe sous le pied, cette peau de vache.

J'en connais des passages par cœur, à force.

Ne la laisse pas tomber. Elle est si fragile. Être une femme libérée, tu sais c'est pas si facile.

Ce n'est pas moi qui récite les paroles dans ma tête.

C'est Khadija.

Elle chante.

Sa mère

La première fois que je me suis réveillée dans le lit double d'un appartement militaire, à Roumare, en Normandie, j'ai pensé à toutes ces autres femmes mariées qui se réveillaient dans le même immeuble. Les intérieurs étaient-ils tous construits sur ce même modèle, sinistre et fonctionnel, avec une chambre de taille modeste pour n'abriter rien d'autre qu'un lit, une cuisine fermée sur elle-même comme un secret domestique, et des toilettes séparées ?

Quand nous sommes revenus à Nîmes, j'ai su que cet appartement rue de la Madeleine serait mon tombeau. Il était fini le temps des mutations sauvages, comme les avaient connues mes parents. Une carrière de bureau, puis le désir de mon mari de passer dans le civil. Nous allions rester. RESTER. Alors j'ai veillé à entasser, dans l'appartement nîmois, des choses rassurantes pour m'accompagner. Je mettais du soin à accumuler la vaisselle, le linge de maison. Mais ma plus grande préoccupation, c'était l'usuel. Les torchons, les éponges, les boules antimites. Couvrir, retenir, asphyxier.

Les piles de torchons pliés en carrés moelleux. Les éponges bifaces vendues par paires, sous un plastique de qualité, entassées, prêtes à l'emploi. Les boules pour imprégner les penderies de leur bonne odeur toxique.

François m'a toujours dit qu'il comptait sur mon sens de l'aménagement et de l'hygiène. Il était convaincu de me faire un cadeau en m'abandonnant cette partie-là du territoire, le foyer. Mais moi, je savais qu'il méprisait mon décor. Mon petit décor intérieur. Bien propre.

Le Grand Changement a eu lieu un dimanche.

Le mari est parti un dimanche après-midi.

François est parti en milieu d'après-midi, un dimanche.

Gabrielle était venue déjeuner, comme d'habitude. À cette heure indécise, bâtarde, elle était déjà repartie. Elle n'a donc pas été témoin. Témoin de ce que j'ai baptisé le Grand Changement.

Il m'a demandé si je pouvais l'aider à préparer « le strict minimum ». J'ai déterminé quels vêtements seraient appropriés avec ce temps – particulièrement doux pour la saison – et j'ai commencé à les ordonnancer dans sa valise. J'aurais sans doute dû lui crier dessus comme dans ma tête. Mais j'aime bien choisir ses tenues.

Il a dit : « Je reviendrai pour prendre plus », et j'ai répondu : « Pense à accompagner la porte d'entrée, qu'elle ne claque pas. »

Il fallait réfléchir, vite. Décider, efficacement.

Toute la soirée du dimanche, j'ai beaucoup pensé. J'ai commencé par m'apitoyer sur mon sort. J'ai attrapé un pot de crème de marrons et le premier ustensile qui m'est tombé sous la main – peut-être une fourchette. J'ai allumé la télé et j'ai atterri sur l'écran d'accueil de Netflix. On m'avait présélectionné des polars susceptibles de me plaire.

Quelque chose s'est débloqué en moi au moment où Clément Faugier prenait tout l'espace dans ma bouche, prêt à m'étouffer. Dans une vignette animée, j'ai vu l'agent Bill Tench parler à quelqu'un comme à un ami. Il avait le sourire renversant. La saison 3 de *Mindhunter* était enfin disponible.

Plus besoin de le faire, j'ai pensé. Plus besoin de LE FAIRE. Pour de bon, épargnée. Le dimanche ne serait plus jamais le jour de passer à la casserole, mais celui de rester tranquille dans le lit, en paix, à fixer le plafond, sans but, sans corps sur moi pour chercher à y rentrer.

François travaillait quartier Costières et s'installerait chez l'Autre. « C'est plus pratique, elle habite tout près du siège. » J'en avais déduit qu'elle était une collègue.

Le lendemain matin, il se trouve, je me le rappelle, que c'était un début de mois. Il a versé sur mon compte la partie de son salaire – bien plus important depuis qu'il avait quitté l'armée – qu'il me réservait. Comme d'habitude.

J'ai mis un peu de temps pour m'adapter. Je calibrais mal mes listes de courses et, au début, j'ai laissé se perdre certains aliments. J'ai horreur du gaspillage.

Chaque dimanche, je trouvais des excuses pour que Gabrielle s'abstienne de venir déjeuner. C'était simple ; elle déteste sortir.

Un mois a passé. Je prenais mes marques, je m'habituais à vivre sans François. Gabrielle vivait dans l'innocence, préservée du Grand Changement. Mais une chausse-trappe s'est présentée. Le mardi des « Amis du musée de la Romanité » menaçait. Nous étions conviés, mon mari et moi, à caresser des textiles archéologiques, sous la forme d'échantillons généreusement prêtés par le musée gallo-romain d'Arles, avec lequel nous entretenions un parrainage solidaire. J'ai pensé que c'était rare, les expos où l'on pouvait toucher. L'idée m'a plu d'emblée. La semaine suivante, soirée théâtre.

Il fallait faire quelque chose. Je ne pouvais pas me laisser PORTER PAR LES ÉVÉNEMENTS.

J'ai écrit un texto à François. J'estime avoir été précise et concise, ce qui est généralement une bonne façon d'obtenir son accord. Sa réponse commençait sous les meilleurs auspices : il s'engageait à m'accompagner ce mardi et les suivants. Pour l'exposition mais aussi pour les pièces au théâtre Lafont. Ensuite, j'ai senti ma gorge se contracter comme avant une quinte. La fin de son SMS était contrariante. Maintenir le rituel déjeuner dominical en famille ne l'arrangeait pas. L'Autre préférait bruncher le dimanche matin avant d'aller pédaler dans l'un des nombreux espaces verts mis à disposition des résidents de l'écoquartier des Costières.

Je n'allais pas me laisser faire.

Aux yeux des autres, ma vie serait la même. Ma vie serait la même.

J'ai accepté de décaler notre tradition. Désormais, le repas hebdomadaire avec Gabrielle aurait lieu le dimanche soir. Il m'arrive de faire des concessions. François a tout compris. Il a joué le jeu. Gentil mari.

Sa grand-mère

« C'est votre nouveau chez-vous, madame Navarro. » C'est par cette phrase que la directrice m'avait accueillie. Aude s'était donné du mal pour aménager ce réduit. Elle avait obtenu de troquer quelques-uns de leurs meubles prévus pour les vieillards contre du mobilier de chez moi. La console qui soutenait la télévision, le meuble de chevet, je les reconnaissais. Mais interdiction de toucher au lit médicalisé.

Remarque, je ne me plains pas, le matelas peut se redresser à l'aide d'une télécommande, plus petite que celle du poste, et blanche, comme ça on évite de confondre. La couleur jaune d'œuf des murs, par contre… Au début, ça me donnait des angoisses, cette teinte pas franche. Du temps de nos déménagements avec Norbert, j'aurais repeint ces quatre parois en deux temps trois mouvements. Quitte à donner dans le neutre, j'aurais choisi un blanc cassé, élégant et chaud.

Ma fille avait rapatrié ma coiffeuse avec son miroir, seul meuble hérité de mes parents. Petite, on me menaçait quand je m'y admirais trop longtemps. « Si tu continues de te regarder, tu finiras par voir le diable. » J'ai fini par le voir. Oh là oui. Il avait pris la forme d'une masse indésirable, grappe funeste au milieu de mon visage.

Aux murs, des panneaux en liège minés de photos de mes enfants, belles-filles et gendre. De mes petits-enfants aussi. Les deux gamines sur un cliché. Ma Gloria a six ans, elle sourit des dents qui lui restent. Gabrielle lui pose une main sur l'épaule, un peu cheftaine : tout à fait son genre.

Ce qui m'a fait un choc, je dois dire, le plus étrange au fond, c'étaient les photos de moi. En grand nombre. Aude en avait même fait encadrer plusieurs.

J'avais déjà oublié le langage. Elle devait avoir peur que, à l'étape suivante, j'oublie quelle femme j'étais.

Quelle femme je suis.

Trop tard pour me poser la question. Seule avec moi-même, je suis avare en réponses. Ma bobine partout sur les murs.

Ma gueule, mon foyer.

Il paraît que ma petite-fille était malade. Une tarée. Des tares, on en a tous. Quand elle a quitté ma fille et mon gendre, elle a continué de me téléphoner. Elle m'a demandé de n'en parler à personne. Je serais la seule avec qui elle garderait contact. Ça me flattait bêtement.

Mais depuis que je suis dans l'Ehpad, ma Gloria n'appelle plus. Je pense à elle, je pense à elle tous les jours.

On frappe à la porte. Ça doit être une autre infirmière venue faire sa ronde.

— Khadi ? T'es encore là ?

— Ouais ! C'est madame Navarro. Elle a fait une crise d'angoisse à cause de tu sais quoi. Je reste un peu avec elle jusqu'à ce qu'elle s'endorme.

— Ah ! OK… Hé ! mais ! t'es au courant que l'alarme est éteinte ?

— Non. Bah… t'as qu'à la rallumer.

Je ne peux pas voir la bonne femme, restée sur le seuil de ma chambre. Et je ne reconnais pas sa voix. Elle serait venue en renfort ? Quelqu'un a dû faire du grabuge à mon étage… J'entends qu'elle referme la porte avec douceur.

Les deux Maestros crispent les mains sur leur micro, prêts à s'affronter pour la dernière épreuve. Des formes immobiles se superposent à leurs visages. Khadija et moi nous reflétons en ombres noires dans l'écran du poste. C'est beau.

Sa sœur

Ma mère s'agace parce que le similicuir de mon sac produit un bruit de succion quand j'y glisse la main. Je cherche de la tune et je n'en trouve pas. J'ai rarement besoin de cash. Le numéro de ma carte bancaire, sa date de péremption et mon cryptogramme sont enregistrés sur la plupart de mes sites favoris, ce qui m'évite de devoir remettre la main dessus à chaque achat en ligne.

Ma mère capitule et me tend une pièce de 2 euros. Je suis tentée de lui demander si elle n'a pas plutôt deux pièces de 1, que je puisse en garder une pour moi. Je la vois déjà fermer les yeux comme si ses paupières pesaient le poids de ma connerie. Prudente, je prends l'aumône en silence. Elle fait du bruit en résonnant sur la générosité des gens, dans la panière à pain recyclée.

Je travaille beaucoup. Et les commandes érotiques sont correctement payées. J'ai un tarif forfaitaire pour un nombre d'histoires délivrées. Je respecte un cahier des charges, en particulier pour la longueur, différente en fonction des résidents à qui le feuilleton est destiné. S'ils ont toute leur tête, s'ils vrillent, si c'est du public oscillant. Si c'est de la lecture individuelle en chambre, ou à haute voix en salle commune.

Via mon contact RH, il m'arrive des retours de résidents ou d'aides-soignantes qui me demandent de faire revenir tel personnage secondaire, de penser à décrire plus de scènes de baisers et de préliminaires. De temps à autre, Tilda m'écrit, en personne. Elle attire mon attention sur la sous-représentation de la sodomie. Elle veille à ce que je force un peu sur la question des MST. Que la clientèle soit ménopausée depuis des lustres ne m'autorise pas à relâcher côté sécurité.

Même avec tout le boulot qu'elle doit avoir en tant que directrice, qu'elle s'implique comme ça, chaque fois ça me fait quelque chose. Mamie dirait : « Je lui tire mon chapeau. »

On m'a parlé d'une patiente atteinte d'aphasie – c'est parfois le cas dans les démences séniles, comme pour mamie. Elle ne manquait pas une séance de lecture à haute voix à cause de son auxiliaire assidue. Plusieurs années sans prononcer un mot, et voilà qu'à entendre les feuilletons elle se met à gueuler, de toutes ses forces, un prénom masculin. Problème de fond soulevé par la famille : le type en question n'est ni son mari, ni son père, ni son frère.

Je me plais à penser que les histoires de Lolo – ce que j'en fais – redonnent la mémoire aux gens. Peut-être qu'ils avaient enfoui de sacrés souvenirs dans leur tête, des moments de débauche ou de douceur, et que tout leur revient. Forcément, ça donne envie de gueuler.

Sa mère

Je suis une femme au foyer.

Je n'ai pas de métier.

Aux yeux des autres, de tant d'autres, hommes et femmes, je mène une existence sans intérêt. Je ne produis rien pour la société. J'ai élevé deux enfants qui ne lui apportent rien non plus. L'une est morte. L'autre ne semble pas partie pour fonder une cellule familiale.

Je ne crée rien. Je n'ai pas de passion.

Qui suis-je ?

L'appartement. François m'a dit que je pouvais y rester. Il avait fini de payer le prêt depuis plusieurs années déjà. Et l'Autre gagnait sa vie encore mieux que lui.

Je savais très bien ce qui allait se passer si nous divorcions. Je pourrais toujours compter sur ma pension. Mais je devrais déménager.

Pas question de quitter l'appartement de la rue de la Madeleine. Je regardais chaque meuble, chaque objet choisi par mes soins, mes réserves de torchons et d'éponges, les boules de naphtaline, et je me disais : « Je suis l'une d'entre vous », et cette pensée me faisait venir une explosion de chaleur là où je pense.

Ce n'était pas difficile de mentir. Il y avait peu de personnes à qui mentir. Maman ne comprenait plus rien. Ma belle-famille nous voyait ensemble aux grandes occasions.

Gabrielle dînait chaque dimanche avec le couple, uni, que formaient ses parents.

Sa nana n'a jamais protesté. Ou alors il ne m'en a rien dit. François est quelqu'un de prévenant.

Elle referme la housse. Je tousse, la main devant la bouche. DÉJÀ ? QUOI ? DÉJÀ ? J'ai à peine eu le temps de fixer ce nouveau visage dans ma tête. Je voudrais le voir ENCORE. Je voudrais l'apprendre. Existe-t-il des émissions de téléréalité avant/après, *Comment la chirurgie a changé ma vie*, relooking extrême ? Maman devait savoir ça, avant.

Jusqu'à présent, peut-être ai-je été injuste. Je n'ai pas prêté attention à la nana de l'institut médico-légal. J'ai seulement noté son odeur de fer à repasser, sa french manucure. De sa charlotte s'échappent quelques mèches brunes. Elle ne doit pas être beaucoup plus âgée que mes filles.

Veuve : qui a perdu son mari.

Quel mot pour dire la perte de sa fille ?

La femme qui a perdu sa fille, la mère qui a perdu son enfant, comment on l'appelle ?

Sa grand-mère

Tantôt nous étions tous riches comme Crésus à exploiter les petits Arabes, à leur faire suer sang et eau. Tantôt nous étions des indigents crasseux, trop ignorants pour connaître la signification du mot « éden » qui nous venait facilement à la bouche pour parler de ce que nous avions quitté. Norbert m'enjoignait d'être patiente. Mes parents étaient restés. Qu'auraient-ils fait de l'autre côté, dans cette autre France qu'ils n'avaient pas même foulée pour mon mariage ? À chaque humiliation, sur les pieds-noirs ou sur mon nez, sur nous ou sur moi, je rendais le centuple en plaisir. À chaque insulte, je répondais par la jouissance.

Toutes ces nobles dames en train d'aller voir ailleurs. Ces nobles messieurs trompant allègrement leurs épouses. Elle était là, ma récompense. Comprenaient-elles, dans les bras de leurs amants, que la vie, cette affaire de bien, de mal, était moins simple que dans leur pauvre messe ?

Depuis notre arrivée à la caserne de Versailles, on me félicitait moins sur ma silhouette et mes tenues. J'y voyais un excellent signe. Pour les épouses des anciennes garnisons, la petite sortie aimable sur l'encolure de ma veste ou la finesse de ma taille n'était qu'une manière condescendante de signaler que c'était chez moi tout ce qu'il y avait à complimenter. « La pauvre… heureusement qu'elle a un peu de goût pour s'habiller. » « Elle est mince, ça ne sauvera pas son visage mais c'est déjà ça. »

J'avais acquis assez d'argent pour m'acheter des tenues de prêt-à-porter. La mode me passionnait, je la suivais dans les magazines, comme d'autres les annonces de décès ou les résultats de courses hippiques.

Je délaissais ma Singer mais pas ma petite auto. Aux yeux de ceux qui n'étaient pas dans le secret, j'étais une femme occupée, toujours à sortir en ville. Occupée car futile, superficielle, ne pensant qu'à s'apprêter.

Les jours d'adultère, j'avais pris l'habitude de parfumer ma couverture en patchwork à l'eau de fleur d'oranger. La même que celle dont je me servais pour la pâte à beignets des enfants. Ces effluves délassaient mes clientes le temps du trajet qui les conduisait vers leurs amants, en plus d'imprégner délicatement leur tenue. Partout où je passais, la fleur blanche régnait. Capiteuse et légère.

Alors que nous venions d'arriver à Metz et que je passais aux abords du manège de la garnison, une femme m'a interpellée. Elle m'avait reconnue de dos, à ma démarche sans doute. Elle était descendue de cheval pour me saluer. Quand je me suis retournée, de surprise elle a ôté sa bombe. Bien sûr, je me souvenais. Nous nous étions connues il y a longtemps déjà, à Saumur. Elle était l'organisatrice du thé qui avait donné un nouveau tour à ma vie.

J'ai regardé sa bombe et, l'espace d'un instant, j'ai imaginé la lui arracher des mains et, avec, la frapper au visage, le plus violemment possible. Je voyais le métal noir et brillant, le contraste avec sa carnation à elle, très blanche. Elle aurait senti l'écurie et le sang. Foin et métal. Je me suis reprise, partisane du moindre effort. À l'époque de Saumur, des années en arrière, je l'avais aidée. Aidée à trouver le plaisir du creux de jambes en dehors du foyer. Elle n'allait pas s'asseoir sur ses cinq gosses et sa réputation. J'étais tranquille. Elle n'irait rien répéter. Personne ne saurait, pour mon nez.

Oh là non…

Sur le poste, les deux rivaux tirent une tronche pas croyable. C'est que l'épreuve finale est corsée. Ils savent tous les deux qu'ils jouent gros. En plus, le public l'adore, cette chanson. Ils ont intérêt à se montrer à la hauteur.

Gloria. Ma Gloria. Je n'avais pas prévu que mon nez saute une génération. Et voilà qu'elle s'était retrouvée, la pauvre gamine, avec mon secret en plein milieu de la figure. Dès ses quatorze ans, j'ai senti que ça allait se gâter pour elle. Étrangement, elle ne se plaignait jamais de cette partie de son anatomie, mais je n'étais pas dupe : comme moi bien avant elle, elle taisait probablement les vexations et les mauvaises paroles.

Roger m'avait invitée à le rejoindre sur sa balancelle. On a regardé passer le chat-vache dans son jardin. À la façon dont il touillait son café, je sentais bien qu'il avait des emmerdes.

Je ne sais pas pourquoi, quand il m'a dit pour son cancer, j'ai eu envie de faire quelque chose d'important. Alors, j'ai donné de l'argent à ma petite-fille. Suffisamment pour lui payer l'opération. Un beau paquet de fric.

À partir de Versailles, les clientes avaient continué d'abonder. J'avais accumulé des liquidités et quelques bijoux anciens, remis en gage par celles qui, à l'époque, ne disposaient pas d'argent ou de carnet de chèques à leur nom.

De sacrées réserves. Autant qu'elles servent, je m'étais dit.

Et puis, l'avantage, ça restait dans la famille.

Sa sœur

Elle a eu sa période faste. Il y a quelques années, six ou sept ans peut-être, Lolo a emménagé avec Amaury. Un aristo avec une particule et un vrai château miteux de famille, le genre d'individus qui existent encore mais qui font tout pour qu'on l'ignore. Ça avait marché avec moi : je m'en souvenais pas du tout, des de Sevreau. Lolo m'a pourtant assuré que lui et ses deux frères étaient en primaire avec nous, à Saint-Dom'. Puis les parents les avaient envoyés parfaire leur cursus à London. Amaury était revenu à Nîmes pour son premier poste en langue française, et ma sœur lui avait tapé dans l'œil. Ils n'ont pas dû rester ensemble plus de neuf mois mais, pour Lolo, ça a compté triple.

C'était quelques jours après son anniversaire. Il lui avait offert un poisson en peluche à cause de son signe astrologique. Nemo a servi de presse-papier pour le mot dans la cuisine. En grand seigneur, il lui laissait deux semaines pour se retourner.

Avec Amaury, je suppose qu'elle avait cru en une vie à deux qui serait faite de phases comme des marées, mais qu'elle pourrait partager avec quelqu'un qui ne la jugerait pas, la supporterait, admettrait qu'elle passe par là.

Au téléphone, elle a eu une formule grandiloquente : « La vie me vengera d'elle-même », ou un truc un peu médiéval, dans cet esprit.

Exalté par leur première virée de couple installé au Grand Bazar nîmois, Amaury s'était fait tatouer en l'honneur de ma sœur. Le mot ne lui revenait pas, elle pestait et elle a probablement désigné la partie du corps avec sa main sauf que, par téléphone, je ne pouvais pas voir son geste. J'ai quand même compris qu'elle voulait dire *l'aine*.

« Tu te rends compte ? Toute sa vie, à chaque érection, on lira *GLOIRE* à côté de sa bite. Dans le genre "soulagé de bander", tu vois ? »

Moi aussi, j'étais soulagée. Avec Amaury, ça commençait à tourner en rond côté pieu, et j'avais grand besoin d'un peu de chair fraîche pour mes commandes.

En provenance directe de la nef de l'église, une voix d'authentique pimbêche à gloss me sort de mon conte de fées. Je m'attendais à un couple de violons à la Bach. Au lieu de ça, Lorie fait grincer le marbre. Ça me ramène au collège, au premier single de Lolo, acheté avec son argent de poche.

Je serai (ta meilleure amie).

N'importe où quand tu voudras. Je serai, toujours la même, un peu bohème. Prête à faire des folies.

Ma mère tourne la tête vers moi au premier refrain. Ça traverse son regard. J'y lis une joie de gamine qui fout la merde partout sur son passage. La playlist mortuaire est forcément de son cru.

Sa grand-mère

Un jour, j'ai surpris une conversation entre deux bonnes femmes de l'étage, venues animer des ateliers pour la mémoire. Elles avaient l'air de s'y connaître. Mon Nagui, à les entendre, il avait connu une traversée du désert. « Tu penses, il a quitté Canal, c'est une chaîne de puissants, après tu dois manger le sol pour revenir sur des plateaux, faire accepter tes idées et tout ça. »

Il avait souffert, ce garçon, plusieurs fois écarté de grandes chaînes qui lui avaient confié du boulot avant de lui ôter le pain de la bouche. Oh là oui, il en avait bavé. Pourtant, chaque année, il était de retour, avec de nouvelles émissions, de bons programmes pour nous donner le sourire et assommer nos peines.

À cet instant, j'ai compris. Quelquefois, on se sent pris d'une tendresse immédiate pour un inconnu. Avec l'impression tenace que, dans d'autres circonstances, vous pourriez vous entendre comme cul et chemise. Avant d'aider toutes ces femmes – car il m'arrive de me dire que je les ai aidées et que, aller voir ailleurs, ça leur donnait de l'allant pour la vie –, avant, moi aussi, j'ai connu des difficultés.

Moi aussi, Nagui, je te le certifie, j'en ai bavé. Une pied-noir, forcément traître à quelque chose, et puis toutes ces cochoncetés qu'on devait dire à propos de mon nez, le peu de sympathie que je m'attirais à cause de lui.

Chaque fois que je le vois surgir à l'écran, avec sa belle chevelure argentée, j'ai envie de prendre sa paume, de la mener à mes lèvres pour la baiser, à ma joue pour la caresser. Le geste d'une mère avec son fils.

On a eu notre revanche, Nagui et moi. Notre cote de popularité a connu de sacrées courbes. Toi comme moi, on sait bien qu'ils continuaient de parler dans notre dos, que certains même ne devaient pas se priver de nous refaire le portrait. Nous deux, avec le paquet de fric qu'on a gagné, et moi avec les cornes que j'ai cultivées en abondance. Et toi, Nagui, t'en as fait, des coups pendables ? Oh là non, ne me réponds pas. Car nous n'avons que faire de tout ça, nous avons nos petits arrangements avec nous-mêmes, nos petits secrets. Nous sommes bénis, bénis. Nous avons réussi, Nagui, toi et moi, comme deux monstres, deux étrangers, deux à leur donner du plaisir. Ils s'inclinent, ils s'inclinent devant le plaisir que nous sommes capables d'offrir.

Je lui souhaite beaucoup de succès. Oh là oui.

Quelque chose me dit qu'il m'enterrera, Nagui.

Nagui. Mon Nagui.

Nous les foldingues du cinquième, il nous enterrera toutes.

Sa mère

Je le lis dans les yeux de la nana. Comme une mère qui éduque, elle est tentée de me rappeler : « On met la main devant la bouche ! » Trop tard. C'est rare, mais il arrive que je me laisse surprendre. La violence du déclenchement, la mise en jambes dans ma gorge. Je la subis. Cette fois, je n'ai pas eu le temps. Je lui adresse un regard que j'aimerais sévère. Lui dire avec les yeux de rester à sa place, surtout ne me donner aucune leçon, aucun conseil : je connais les usages. Puis me radoucir. Un deuxième regard, conciliant. La prochaine fois, je le jure, je la mets.

Je ne sais pas dater précisément la naissance de la toux. Mes premières quintes. L'âge ingrat peut-être ? Je me revois luttant pour rester droite, ne pas courber mon buste en deux, main devant la bouche, toujours la droite. Maman m'a emmenée voir des médecins. Les hypothèses les plus évidentes ont été envisagées puis, après examens, écartées. Maman m'excusait auprès des voisines, toutes ces femmes de décorés, quand j'interrompais leur conversation avec ma toux, et la mettait sur le compte d'allergies imaginaires, si par hasard on s'inquiétait pour sa petite dernière. Je me rappelle son geste de la main, pour décourager toute tentative d'interrogatoire. Deux mains pour arrêter la toux, la mienne, la sienne. La mienne devant la bouche, la sienne en l'air, pour tenir leur silence.

Inutile de poser trop de questions. Simple quinte. Ça passera.

De fait, ma toux ne venait de rien. Les médecins militaires que nous allions voir à chaque nouvelle mutation ne lui trouvaient aucune origine, à cette toux sans racines.

Ce geste de maman, que j'imite aujourd'hui à mon tour quand il faut faire taire la sollicitude excessive de qui entend la toux pour la première fois. De qui pense aider en posant des questions. Faut-il les laisser croire à l'importance de leur remède, de leur verre d'eau, de leur tape malhabile au milieu des omoplates, au secours de leur pastille vosgienne au parfum de fond de sac ?

Avant que j'apporte le *ELLE* à l'Ehpad, maman l'achetait. Je retrouvais des exemplaires amoncelés sur la grande table laquée noire de son salon. Un jour de visite, j'ai été intriguée par une mise en scène. C'était bien son genre. Un numéro de la revue ouvert en plein milieu de la table, une page cornée.

« Urticaire, côlon irritable, toux… ce que nos petits maux disent de nous. »

L'article incitait à réfléchir à ce que ces maux répétitifs, petits en apparence, ces gênes de rien, disaient de plus profond, voulaient faire sortir à la surface, exposer aux autres.

Qu'est-ce que j'essayais de rejeter en dehors de mon corps ? D'expulser violemment, le plus loin possible ?

Il y a tant à tousser. Mais l'éducation m'oblige à maintenir en public la main sur ma bouche, voiler et éteindre cette toux. Je suis condamnée à tout garder. Rien ne sort. RIEN NE SORT.

Je tousse. Je ne parviens pas à la calmer, cette quinte-là. La nana me regarde et grimace. Je sais que ma toux est insupportable. Une toux propre, sans glaires, une toux sèche, nette mais qui rend fou. Racler, racler, mais jusqu'où ?

Je lui pardonne d'être comme les autres, de ne pas supporter ma toux. Je voudrais lui dire. Sans la gêner, il faudrait que je lui dise. Je sais bien que l'institut médico-légal n'est pas un endroit pour tousser. Mais j'ai comme un lit double sur la poitrine. Il faudrait l'enlever de là. Je cherche juste à cracher toute ma peine en milliers de petits postillons, que ma douleur divisée soit la plus fragile, la plus facile à abattre. Lui expliquer les choses, à cette nana, et qu'elle comprenne.

Sa sœur

Depuis le début, je réalise, j'ai les fesses sur un prospectus. Ça doit être les gratuits de l'entrée. La couverture m'éclaire. *MA PAROISSE, MON COUPLE*. Ici à l'église Saint-Dominique, on propose des services « tandem » pour les couples mariés. Pas une préparation au mariage, plutôt un SAV, invitation à venir exposer toute l'errance qu'on s'inflige à deux, devant d'autres couples et un prêtre. J'imagine qu'ils viennent chercher des réponses et repartent avec de l'amour du Christ en réserve.

Ma mère me pousse du coude, elle doit flairer que je m'égare. Elle pointe de l'index la ligne à suivre sur sa feuille à elle, sortie de nulle part, pliée en deux.

Ça chante *J'ai tant cherché*.

La mort tu l'as vaincue, je veux ressusciter.

Lolo, d'ici je le vois venir, elle se serait inscrite.

« Mais vous venez seule ? Votre époux est malade ?

— Je viens serrer du catho ! »

Je dirais qu'elle aimait tous les hommes, Lolo.

L'ouverture qui était la sienne durant le lycée a muté avec le temps. D'après les descriptions qu'elle me faisait, je savais qu'elle n'avait toujours pas de type de mecs, et je la respectais pour ça. Mais l'ouverture allait au-delà d'une simple considération esthétique.

Lolo couchait sans égard pour le milieu et l'éducation, tout le contraire de ce qu'on nous avait enseigné sans mots. Elle baisait sans sourciller face à un élément de déco ou un vêtement qui en révélait beaucoup sur la catégorie sociale du gars.

Si elle était restée comme dans mon souvenir, elle-même devait être difficile à cerner. Elle forçait sur tout, le maquillage et l'aplomb, la vulgarité de la langue et la philosophie.

Elle parsemait ses discours de : « T'as cru que j'avais la chatte élastique ? » ou « Pet vaginal, amours fatales ». Quelquefois, elle était prise d'accès philosophiques : « C'est qu'on nous a bien gangrené le cerveau sur soi-disant qu'on peut toujours s'en sortir. Comme un privilège de classe, une croyance en notre supériorité, tu vois ? » Dans ces moments-là, je priais pour qu'elle se reconcentre sur les ébats du jour, mais je me rappelais aussi que sa maladie ne l'avait pas rendue plus con que moi. Qu'est-ce que ça ôtait, si ce n'était pas du cerveau ?

Qu'est-ce que ça ôtait, d'être comme elle ?

Lolo se serait tapé n'importe qui. Je ne pouvais pas m'empêcher de trouver ça juste, et beau. Aucun critère. Juste des corps à prendre et, peut-être, quelque chose à donner. Peut-être bien qu'elle ne cherchait rien. Qu'il n'y avait rien à obtenir.

Je chante avec ma mère. Je fais ce que je peux.

Vois-tu mon désarroi, viens vite me consoler.

Sa grand-mère

« Alors on lui souhaite beaucoup de bonheur dans sa nouvelle vie en Bretagne et on espère qu'elle reviendra sur le plateau de *N'oubliez pas les paroles* pour prendre sa revanche ! Allez, on l'applaudit bien fort, notre Émilie ! »

Le public s'exécute.

Je les mérite, ces applaudissements ?

J'avais eu ma revanche, et plutôt cent fois qu'une, de voir ces respectables quémander mes faveurs, menton baissé. Elles passaient par des métaphores délicieuses qui pouvaient se résumer en « lui grimper dessus ». Il fallait les cuisiner pour qu'elles prononcent le nom de l'homme. Je tenais à ce que les mots du désir viennent d'elles.

C'est que j'étais fiable et discrète, mes services valaient la peine d'une dépense. Rien ne serait compromis, elles pourraient digérer l'hostie, dormir sans être percluses de cauchemars. Entre mes mains, le plaisir échappait aux yeux du mari et même à ceux de Dieu.

Je n'avais peur d'aucun des deux.

Suis-je une désaxée ? Comment qualifier ce que j'ai fait partout où je suis passée ?

J'aurais pu m'en tenir là. À trente-six ans, apaisée par la vengeance et le succès de mon opération. Pourtant, j'ai continué. Peut-être avais-je pris goût à l'argent, mais je sentais qu'il y avait d'autres raisons qui me poussaient à continuer. Je me sentais comme appelée à le faire. Leur désir, et qu'il soit empêché, me stimulait. M'en tamponner de leur morale de curés, de leurs règles d'hommes en armes, de leurs brochures de bienséance. M'en taper. M'asseoir dessus. Oh là oui.

J'avais désormais de quoi m'acheter toutes les revues que je voulais et je ne m'en privais pas. Et ce n'était plus seulement la mode qui m'attirait. Je lisais aussi les articles des bonnes femmes de la psychologie. Le courrier des lectrices m'agaçait, me faisait parfois rire et parfois penser. Oser écrire leurs choses secrètes, et de savoir qu'ensuite elles seraient publiées et lues par d'autres, je trouvais que ça avait de l'allure. Je devenais attentive à ce qu'elles écrivaient et, même si la spécialiste s'occupait de leur proposer des remèdes, je me demandais toujours si cela n'aurait pas pu se régler simplement par une bonne partie de jambes en l'air – avec un autre que celui qu'elles avaient épousé ou entendaient conquérir. Sans doute je souffrais d'une légère déformation, à cause de mes activités.

Oh ! on pouvait toujours les trouver superficielles, mais ces feuilles molles entre mes doigts étaient en train de dévoiler nos intimités d'une manière différente. Des journalistes donnaient des conseils anatomiques, ça parlait de copulation avec des expressions moins craintives.

Et puis un jour, le *ELLE* a titré : « L'adultère, l'inégalité des chances ». Je me suis précipitée sur leur dossier central. Un article en particulier m'a fait venir de l'orgueil. La journaliste expliquait en somme que les hommes pouvaient se taper tout ce qui bougeait, ce qui n'était pas encore le cas des femmes. Une étude prouvait que, dans un couple marié, l'homme avait de fortes chances d'aller voir ailleurs, contre quasi *nada* pour son épouse.

Ça ne pouvait pas être qu'un tissu d'âneries. Au fond, peut-être que ces journalistes et ces bonnes femmes de la psychologie avaient raison. Que cette différence était à mettre sur le compte d'une éducation qu'on reçoit, qui nous impose une tenue à nous enfermer de partout. Dans le passé, et dans l'armée, toutes nous étions si tôt mariées, sans avoir eu le temps de quoi que ce soit… Beaucoup ne se seraient pas jetées dans les eaux troubles du hors-mariage sans une béquille de mon espèce.

Toutes ces femmes, mes clientes, en me rappelant Gisèle d'Adhémar de Rouergue et son histoire changée, je me disais : peut-être qu'elles découvrent quelque chose d'important.

Je ne m'appliquais rien de tout cela à moi-même. Oh là non. Je ne devais pas goûter à mon commerce, mais garder un sain recul d'avec ma marchandise.

Est-ce que mes petites affaires auraient reçu le blanc-seing de la rédaction ? Est-ce que je contribuais, avec mes méthodes à moi, à leur histoire d'égalité entre les sexes ?

Sur scène, Émilie s'incline, tente une révérence sur ses drôles de chaussures à plateforme.

Je cueille tous les applaudissements pour moi.

Merci. Merci. De rien. De rien.

Sa mère

Un soir du mois de mars, pas n'importe quel soir, celui de son anniversaire, je me suis demandé ce que je pourrais faire de spécial pour marquer cette date. Marquer le coup. Et je suis allée dans son ancienne chambre pour réfléchir.

J'ai fermé les fenêtres, fermé la porte. Au bord de son lit, à genoux sur le sol, la tête au-dessus de l'une des caisses posées sur son couvre-lit, yeux clos, j'ai pris une grande inspiration. J'ai pensé à une prière. Quand j'ai été ivre d'avoir respiré mes réserves, j'ai ouvert les yeux et je les ai trouvées si belles, avec leurs aspérités, mes gentilles boules de sucre glace, mon cristal de naphtaline. Là, j'ai réfléchi à son départ, à ses raisons. Ce soir-là, ma fille Gloire avait vingt ans.

J'ai remarqué, à force, que quand je suis ivre d'antimites c'est bon pour les pensées, elles me viennent facilement.

La veille de son départ, Gloire m'avait surprise en train de procéder à un nettoyage d'un genre particulier. C'était plusieurs années avant que François ne prenne sa décision.

Avant qu'il ne me plante et que je sois contrainte de réorganiser notre vie pour qu'il n'y paraisse rien et avoir la paix. Avant le Grand Changement.

Je n'ai plus trop envie d'y penser. Plus trop envie de penser à la veille du départ de ma fille. Ça remonte à la base de mon cou, ça s'instille progressivement dans ma gorge, jusqu'à atteindre la luette, là, très en arrière dans ma bouche. Je vais me retenir. Je vais me RETENIR. Je tousse.

Trop tard. Je TOUSSE. La toux EST FORTE. Ma toux ME FAIT MAL.

Voilà ce que je vais faire. Je vais demander à la nana d'aller chercher du thé au miel pour calmer ma quinte. Je peux tout à fait me contenter d'une boisson bas de gamme, payée au distributeur. Profitant de son absence, je vais me précipiter sur le corps de ma fille. Rouvrir la housse.

Je me pencherai au-dessus d'elle, je mettrai une main sur son front jusqu'à l'imprimer dans ma paume, j'inspirerai profondément, comme ma naphtaline. J'aspirerai sa pensée par la peau et le nez. Elle me confirmera ce que je pense déjà quand je réfléchis. Elle me dira la vérité sur son départ. Elle peut me faire confiance. Je reconnaîtrai sa voix, même après toutes ces années. Je l'écouterai parler et je la croirai.

Elle dira : « Mon nom est Gloire. Je suis une déchéance. » Ça sera un peu mal exprimé, un peu surfait, mais je comprendrai tout de suite le sens de sa phrase.

Elle ne pouvait pas laisser le mari, son père, tout avoir, tout gagner. Il a toujours occupé des postes satisfaisants. Dans sa famille, j'ai noté qu'on lui pardonne ce qu'il n'a pas encore fait. Sur le terrain de ce qu'on appelle *conquêtes*, il est gagnant. Il existe une maîtresse, dite « l'Autre ». Et il existe une épouse, qu'on appellera « FEMME AU FOYER », qui s'occupe de la sale besogne – et qui est moi. S'il va voir ailleurs, derrière lui elle repasse, fait en sorte que rien ne se sache. Comme si de rien n'était.

Si ma fille formule mal les choses, il faudra que je la reprenne, c'est désagréable de reprendre sa fille, surtout dans ce contexte un peu particulier. Ma Gloire, ma chérie. Ce que tu veux dire, c'est : « Mon nom est Gloire. Je suis *sa* déchéance. » La déchéance de ton papa. La défaite de son papa. Hein, ma chérie ?

Dans la vie, on ne peut pas tout avoir. ON NE PEUT PAS TOUT AVOIR. Parfois je me dis que c'est un mensonge. Je sais que c'est un mensonge, certains peuvent. CERTAINS PEUVENT. Qui nous a enseigné ce mensonge ? CERTAINS PEUVENT tout avoir.

Était-ce à elle, à ma fille, d'empêcher que son papa ait tout ?

Je retire ma main de son front, ses pensées me brûlent encore. Elle en avait, ma fille, des choses à me dire ! Son départ était un cadeau. C'est une fille, Gloire, qui a fait un cadeau à sa mère. Gloire est le seul échec de l'homme, du mari, de son père. De son papa.

Et même si le départ de Gloire, aux yeux des autres, n'a pas existé. Et même si notre rupture, aux yeux des autres, n'a pas existé. Et même si le Grand Changement ne concerne que nous, François et moi, notre fille a dû constituer pour lui un problème impossible à résoudre, un accroc, un TROU mal placé sur la cible.

Bien sûr, l'hypothèse psychiatrique rassure. Il est toujours possible de mettre le départ de notre fille sur le compte de la folie répertoriée. Son départ et, maintenant, sa mort.

Peut-être que je me raconte des histoires. Il en faut pour combler les treize ans de son absence.

Apportez-moi une grande caisse de naphtaline, mes chères petites BOULES, mon sucre cristal. Que j'inspire. Que j'en sois ivre.

Tiens. Elle est de retour. La nana est de retour. Elle me parle ? Qu'est-ce qu'elle raconte ? Elle sourit et elle me parle.

« Madame, ça va mieux on dirait. »

Il n'y a pas de question dans sa voix. La toux est partie.

Sa grand-mère

Mon ami Roger, il avait de l'allure dans son genre. Comme Nagui, il portait fier ses cheveux argent. Nous nous connaissions depuis quelques mois quand il a demandé à rencontrer ma famille. Comme on avait nos pudeurs, nous avons jugé plus prudent de commencer par des présentations en images.

Installé comme moi sur sa balancelle de jardin, un album sur les genoux, Roger a fait défiler les visages sans mot dire. Il s'est arrêté sur une photo récente des deux gamines, certainement prise à un carnaval de leur foutue école privée, à voir l'accoutrement.

« Elle a du chien », il a dit.

J'ai dû lui répondre qu'il se trompait, que Gabrielle était assez quelconque.

« Non, l'autre », il a corrigé.

Gloria ? Gloria.

Il parlait de ma Gloria. Est-ce qu'il était bien sûr d'avoir vu… son nez ?

Curieusement, ça m'a soudain rappelé que Norbert m'avait épousée comme j'étais, qu'ensuite il avait continué à m'aimer. Que le seul contre lequel je n'aurais eu aucun levier en cas de menace de divulgation, c'était lui. Jamais une remarque sur mon nouveau nez. Jamais une tentative de me mettre en difficulté en faisant allusion à l'ancien.

Roger s'est levé de la balancelle avant que j'aie eu le temps de comprendre pourquoi. Il était allé chercher un rouleau de sopalin. Je pleurais.

Des larmes, je n'ai pas eu à en sécher beaucoup dans ma vie, elles ne me venaient pas facilement.

Comme cette fois où Gisèle est venue me saluer.

Elle avait la mine grave, je sentais bien qu'elle n'était pas passée me demander de lui arranger sa prochaine sortie en ville.

« Vous partez ?

— Non, *je* pars.

— Ta mère te demande auprès d'elle ? Un pépin de santé ? »

Je débitais toutes les possibilités qui me traversaient l'esprit pour ne pas avoir à comprendre.

« Non, Jacqueline, je pars seule parce qu'il faut que je m'organise. Je vais demander le divorce. »

Son totochard. Elle le quittait. Et ce n'était pas le coquelet de garnison, Gildas de Beauregard, qui allait la suivre et renoncer à son aristocrate. Oh là non. Elle partait seule.

« Je vais faire comme toi, Jacqueline. Gagner mon propre argent. Comme toi avec ton travail. »

Mon *travail.* Elle l'a dit comme ça.

On s'est quittées sur la promesse de se téléphoner souvent. Je n'ai pas compris son geste tout de suite. Un geste un peu curieux. Très lentement, elle a passé son index relevé sur mon arcade sourcilière, l'a fait glisser tout le long de mon nez, l'a fait achever sa caresse sur ma joue.

Voulait-elle garder mon horrible nez en mémoire ? L'imprimer dans ses doigts ?

Non, j'ai compris plus tard. Elle essuyait cette larme qui ne venait pas.

Nous n'avons pas tenu notre promesse, il n'y a pas eu de coups de fil.

Lors de cette dernière conversation, plus de deux ans s'étaient déjà écoulés depuis mon arrivée en garnison de Saumur, et nous allions toutes les deux sur nos vingt-cinq ans.

J'en aurai bientôt quatre-vingt-treize.

Gisèle d'Adhémar de Rouergue. Mon amie, Gisèle. J'espère qu'elle est comme moi, bien en vie quelque part. Rivée à sa liberté comme le pou sur un crâne de gosse.

Sa sœur

Le prêtre nous livre une interprétation personnelle du baiser de Judas avec le regard de l'homme qui se sait à contre-courant. Comme quoi Judas, loin de la réput' de traître qui lui colle à la peau, témoigne tout son amour au sauveur d'Israël. Ou alors, « Jésus a vraiment hâte de connaître la fin ». Il chuchote la modestie dans son micro mais ça sent l'orgueil interprétatif.

Au lieu de critiquer, je devrais être dans mon meublé, à bosser sévère. Mettre en forme l'histoire avec Soufiane. La dernière que ma sœur m'ait racontée.

Jusqu'à présent, ce qui me causait de l'inquiétude, c'était que ça s'arrête. L'époque où cette peur a été la plus crue, je la dois à son aristo. Dans leurs premières semaines de relation, avec Amaury, j'ai flippé pour de bon. Gloire ne m'appelait plus. Je me sentais pleine d'une énergie fébrile à force de peu dormir. J'attendais. Je mettais le volume de ma sonnerie au maximum, le vibreur sur ondes larges, je retenais le téléphone dans la bordure élastique de mon jogging pour être sûre de pas la louper. Mais rien ne venait. Dans ma tête, je raisonnais en boucle et j'empestais l'angoisse logique. Amour toujours. Fin de la maladie. Plus d'histoires. Plus de boulot. Adieu la tune.

J'ai essayé de me passer d'elle. J'avais ma fierté. J'ai tapé « télécharger films pornos de qualité » sur Google, parce qu'il fallait bien commencer quelque part. Mais les images ne me donnaient pas envie d'écrire. Ce dont j'avais besoin, c'était sa voix.

Je faiblissais dans mes scénars, mes feuilletons étaient à pioncer debout. Dans les derniers temps de leur vie commune, j'ai même été contrainte de poser un arrêt maladie, pour cause de deadline que j'aurais été incapable de respecter. C'était ça ou risquer de décevoir Tilda.

Comme un soubresaut dû à la fatigue et au découragement, j'ai enfin eu le bon réflexe. J'ai retourné Internet, fouillé des revues de psychiatrie en ligne, des forums Doctissimo. Tout m'indiquait que la maladie ne risquait pas de s'arrêter. On ne pouvait pas en guérir. J'en aurais encore pour des lustres à suivre ses aventures et à les convertir en de quoi vivre. Je n'avais plus qu'à patienter.

Lolo s'est fait jeter, elle a repris son rythme, le nôtre, et je n'ai plus pensé à cette peur, et cette peur-là, d'être privée d'elle, n'a été remplacée par aucune autre.

Qu'elle y passe. Que ma petite sœur y passe. Voilà une issue que je n'avais pas envisagée.

Alors on fait quoi maintenant ? Maintenant que la manne se tarit. Brosser des baises différentes sur un même canevas, en Barbara Cartland de la mouille. Recycler toutes mes histoires, les proposer à d'autres Ehpad, compter sur la naissance de nouvelles chaînes d'établissements. Finir digne : faire mourir mon personnage principal, cette fille qui ressemble à ma sœur et revit sans cesse les mille et une nuits du derche.

Je vais me retrouver au chômage. Je vais me terrer comme la meuf de Poitiers. Je mangerai les sushis que ma mère déposera sur le palier, je traînerai ma carcasse dégueu sur les aventures de Lolo imprimées en A4, pour moi seule.

« Chatte magique, bonsoir ! » elle aimait dire avant de raccrocher. Et moi, comment j'allais la quitter, terminer, m'en sortir ?

Dans toutes les histoires de Lolo, l'issue était la même. Ça se finissait toujours, avec tous. Pourtant, Lolo tenait au happy end.

« Pour la fin, je te laisse remanier. Faut pas que tu les déprimes, tes mamies. Vu là où elles sont. »

Là où elles sont. Là où elle est.

Que m'a appris ma sœur ? Ça me vient : est-ce qu'elle m'aurait fait un cadeau ? Pas seulement la possibilité de vivre à ma façon, dans l'enfermement que je me suis choisi. Un autre, déposé sans bruit, à ouvrir plus tard, dans le silence d'une pièce à cadeaux.

Moi qui ne pouvais pas vivre autrement qu'encavernée, elle m'a offert un dehors, comme au chien, au chien que je suis, elle me sortait, me promenait dans sa ville. Je visitais des chambres, des intérieurs inconnus, des corps comme des nuits profondes et accueillantes. Mon corps à l'abri. Je pouvais rire, et m'émouvoir, et me prendre des secousses. Est-ce pour moi qu'elle endossait toutes les blessures, depuis le début ?

À toutes mes peurs, elle répondait par des histoires qui se finissaient souvent mal pour elle, mais pas pour moi. Elle m'offrait de changer leur dénouement, d'arranger leur fin. Moi je pouvais. Pas elle.

Le prêtre doit savoir comment ça se termine, lui. Tout est écrit. Il a le bouquin.

« Comment ça se termine ? » je vais lui demander. Comment ça se termine, pour votre héros et pour la mienne ?

Difficile de dire tout ce que je perds aujourd'hui.

Tout ce que je perds aujourd'hui.

Sa mère

Gloire est partie il y a treize ans.

Il y a treize ans, Gloire a compris et elle est partie.

C'était devenu une routine, dès qu'il rentrait du bureau. Je cherchais les traces de l'Autre. Il faut dire que François balançait ses affaires avec une telle négligence. Il ne se souciait pas de laisser des indices, des preuves. Alors, moi, je prenais grand soin de les retrouver, de les nettoyer. J'éradiquais le parfum de l'Autre de la surface de l'appartement. Je lessivais l'adultère.

Je devais faire vite et en toute discrétion. Quand il profitait d'un moment de grâce avant le repas, pour boire un Coca zéro en pianotant sur son téléphone, à la recherche de nouvelles internationales incongrues à nous communiquer durant le dîner. Je m'isolais dans la salle de bains et je me mettais au travail.

À l'époque, je craignais deux choses contradictoires.

Qu'il ne se sente pris de courage et gagné soudain par l'envie de la rejoindre en claquant la porte. Que, me surprenant, il ne se lance dans une explication.

Je ne voulais pas qu'il parte. Je ne voulais pas d'explications.

J'avais oublié de craindre une troisième chose qui pourtant est arrivée.

Un soir, ce soir-là si spécial qui a précédé son départ, Gloire est entrée dans la salle de bains que j'avais oublié de fermer à clé. Elle m'a vue, le sac à dos de son père à la main. J'avais sorti une facture pour des fleurs, un bouquet qui n'était jamais arrivé à l'appartement. Elle s'est baissée pour récupérer la note, déjà légèrement humide parce que François s'était douché en arrivant. Il l'avait sans doute fait après le travail, de lui passer dessus, avant de rentrer au domicile conjugal.

Est-ce qu'elle a compris en lisant la note ? Est-ce qu'elle a deviné à mon visage ? Ou parce qu'il était anormal de trouver sa mère, le sac à dos de son père à la main, accroupie dans la salle de bains ?

Bien sûr, je me rappelle sa question. C'est juste que je n'en ai pas saisi tout de suite le sens.

Pourquoi on reste ?

La deuxième fois, je crois bien qu'elle a dit « maman ».

Pourquoi on reste, maman ?

« Je n'ai pas su quoi lui répondre, vous savez », je sors à la nana, parce que ça m'échappe.

Elle ne relève pas, la nana de l'institut médico-légal. Elle n'a pas compris que je continuais à haute voix la conversation commencée avec ma fille, pour toujours sans réponse.

Elle poursuit : « Il vous faudra juste signer quelques papiers en partant. »

Au moment de me raccompagner dans la salle d'attente – quelqu'un va venir me chercher pour les dernières formalités –, je sens qu'elle a oublié de me parler de quelque chose. De quelque chose d'important. Elle le dit sur un ton simple et monocorde. Professionnel.

« Aujourd'hui, c'est plus rare d'exposer les morts, comme au temps des veillées funèbres. Mais on conçoit des cercueils très bien. Des modèles avec vitre intégrée. Vous pourriez y songer. Ça permet de voir le visage de la défunte une dernière fois. »

J'imagine déjà toutes ces questions dans leur tête, pendant la messe. Ils seront venus nombreux, du côté du mari comme du mien. Fidèles du musée de la Romanité, familles militaires, voisins consolateurs ou anciens de l'école Saint-Dominique. Ils assisteront à l'office, ils écouteront les lectures et les discours. Ils se déplaceront en ligne droite, en procession voûtée jusqu'à elle. Ils lèveront les yeux pour admirer l'absence de bosse et, à la place, ces petites narines bombées, cette arête parfaitement droite et relevée en son bout. Petit tremplin vers la joie, nez retroussé, en trompette. Petit bijou de nez.

Ça va jaser.

Sa sœur

Le prêtre du Grand Est se la boucle, les yeux clos depuis plusieurs secondes qui paraissent beaucoup plus. Il balance légèrement le buste de la gauche vers la droite, et j'imagine des mouvements de rotation comme ceux de mes vidéos *ELLE* Fitness du matin, à l'abri sous sa soutane. Échauffements divins. C'est magique comme un silence pesant fait résonner les paroles qui le brisent, par contraste. Ça leur donne une portée d'enfer. Il dit : « Et maintenant vous pouvez vous approcher pour adresser un dernier adieu à notre fille, à notre sœur, à notre collègue, à notre amie, Gloire Marie Adalberte. »

Ça devient comme une pensée qui monterait dans la poitrine en m'écrasant de toute son absurdité. Parce que, ma sœur, ça fait treize ans qu'on se parle sans se voir. En treize ans, ça m'explose soudain dans le cœur, pas une photo, pas un appel vidéo WhatsApp. Seulement nos voix.

Je ne sais pas ce que je fous là. J'aurais dû rester vissée le cul sur ce banc catholique, à écouter les pas des fidèles piétiner jusqu'au cercueil. Je voudrais sortir et retrouver mon meublé.

Lolo, cette boîte, est-ce que c'est ton nouveau foyer ou il y a mieux à la clé ? Encore un dos devant moi, pas de bol, c'est celui de la cousine, la cousine qui a parlé de ma sœur et lui a donné dix ans pour l'éternité. Elle fait tout bien, évidemment, je la vois maintenant pencher le visage vers le cercueil et murmurer un truc comme si elle papotait avec une vieille copine. Elle se la joue meuf à l'aise avec la mort.

Pourquoi ma mère a prévu ça ? Je sais bien que c'est son idée. Elle a tout pensé, depuis la garniture intérieure jusqu'à la couleur du bois. Elle a pris le modèle à lucarne. Il y a une vitre, un rectangle vitré découpé à même le couvercle. Nous pouvons choisir de voir une dernière fois Lolo, avant. Avant.

C'est mon tour, et il est trop tard pour fuir.

Qui va me parler de salive et de lubrifiant naturel, d'accessoires et de glands, de si c'est meilleur circoncis ou non, de l'odeur de savon dans leurs poils, du ridicule de ces bites ?

Qui me fera croire comme toi qu'on ne meurt pas d'être pénétrée par eux tous ?

Il y a quelque chose de changé dans ton visage, et je ne sais pas dire quoi.

Tu es belle.

Trop canon. Trop trop canon. Tellement canon.

Lolo.

Gloire.

Ma sœur.

Je te regarde.

Je te regarde et je te vois.

Sa grand-mère

C'est le jeune qui a gagné. Je l'avais garanti. Je l'avais bien dit, que c'était un redoutable ! Remporter le morceau. Se hisser à la première place des Maestros de l'histoire de l'émission.

Il a fait fort. Le premier sans-faute sur *Tout oublier* depuis sa sortie, explique Nagui. Elle n'est pas évidente à cause des répétitions et des phrases tronquées. Comme des pièges à éviter. Par exemple, dans le dernier tiers de la chanson, il faut dire trois fois : *C'est simple, sois juste heureux, si tu le voulais, tu le serais.* Je regrette, mais la plupart des candidats se font pigeonner. Ils le chantent seulement deux fois.

J'aime bien la façon qu'a Nagui de se réjouir pour les gagnants. On sent que c'est un homme honnête. Le gamin a accumulé 500 000 euros de gains, mine de rien. Je lui tire mon chapeau.

Ma Gloria a-t-elle utilisé l'argent que je lui ai donné pour l'opération ? Si c'est le cas, j'aurais aimé voir le nez qu'elle s'était fait bricoler. Est-ce qu'elle aura choisi un nez à la Gisèle ? De jolies narines, légèrement bombées. Un nez de la taille d'un dé à coudre, en trompette. Un bijou. Comme un hommage à moi, sa grand-mère.

Je ne prononce son prénom que pour moi. Gloria. *Gloria.* Gloria. Je déteste tout ce qui ressemble à une prière. Faites que ma petite-fille aille bien. Faites qu'elle ne soit pas tarée. Faites qu'elle ne meure pas. Tout ça, seulement des mots enfermés dans ma tête, rien pour éclore. Trop tard. Jacqueline, c'est moi, et ma petite-fille, Gloria, la mienne, elle est morte.

Je veux dire ton nom. Ça sera mon cadeau.

Khadija. *Khadija.* Khadija.

Khadija. Née comme moi. En Algérie. À Duvivier. Bouchegouf. Je me sens proche de toi. J'ai envie de prendre ta main. Tes cheveux sentent bon. La fleur d'oranger peut-être.

As-tu l'âge de ma fille ? As-tu l'âge de ma petite-fille ? As-tu l'âge de Gloria ?

Je te fais un cadeau, Khadija, Khadi.

Écoute-moi. Écoute-moi bien.

Je te fais un cadeau, j'ai décidé.

Je dis ton nom. Le tien.

Depuis longtemps, je n'ai pas parlé. Est-ce que ce sera dur d'ouvrir la parole ? D'articuler quelque chose ?

J'ai mal. Ma gorge et ma langue vont brûler. Mes lèvres se déchirer.

J'ai mal et, pourtant, je vais le faire. Je vais dire ton nom.

C'est mon cadeau, prends-le, il est pour toi, pour toi seule.

Écoute, Khadija, écoute comme je dis ton nom.

Elle s'est endormie.

La petite s'est endormie.

Gloire

(Épilogue)

Pour sa première sortie, j'ai pensé aux jardins de la Fontaine. D'abord parce que c'est mercredi, et ensuite parce qu'il mérite la grande porte, la meilleure entrée. Maintenant que je suis devant les dorures du portail géant, je sais que j'ai eu raison. C'est ce qu'il lui faut. Un lieu public, du lourd, du voyant.

Je malaxe mon paquet de clopes, pas le droit de fumer pendant trois semaines, fait chier la bite. Demain juste une ? Juste pour voir.

J'avais imaginé souffrir longtemps, sortir du cabinet amorphe de douleur. Comme quoi la souffrance longue n'est pas là où on l'attend. En fait c'est allé vite. Tout à l'heure, la chirurgienne m'a retiré le pansement en quoi, même pas une heure ? Les derniers fils.

J'ai préféré ne pas le voir dans la glace. Elle était sceptique, mais je tenais à ma décision.

« Vous êtes sûre ? On a la pièce pensée pour ça avec un miroir, vous pouvez choisir d'y entrer seule ou accompagnée.

Vous restez le temps que vous voulez, c'est comme un sas de décompression pour s'habituer à ce nouveau vous. Au risque de me répéter, je déconseille à mes patients d'affronter le dehors tout de suite. »

Elle a soupiré profond parce qu'elle doit avoir l'habitude de la désobéissance.

« Quand vous le verrez pour la première fois, pas de panique. C'est parfaitement normal qu'il soit encore un peu gonflé, et puis niveau couleur… il retrouvera sa carnation naturelle. C'est encore foncé, presque bleu par endroits. Là aussi, c'est classique. Vous m'appelez si vous avez la moindre question. »

En gros, il faut que je pense à mettre de la 50 et du fond de teint pour protéger, éclaircir et unifier. Elle a conclu son laïus avec un certain talent. Elle s'en est bien tirée.

« Je crois savoir que, pour ce qui est de l'accompagnement psychologique, vous êtes déjà soutenue ? »

Accompagnée, ouais. Soutenue, ouais. C'est ça qui est pratique avec les MP. Au-delà d'un certain niveau de folie quantifiée, repérée par le système, les médecins vous soutiennent dans tout ce que vous faites, du moment que ça mène à l'estime de soi. « Folie », ils n'aiment pas le mot. Les psychiatres que je regarde droit dans les yeux quand je lâche : « Je suis folle », j'ai remarqué que ça les rend dingues. Comme si je remettais en question toutes leurs années d'études. On leur a répété que je suis comme tout le monde. Ce n'est pas à moi de leur dire le contraire.

De toute façon, je leur expliquerais que je dois m'amputer deux doigts pour aller mieux, ils me laisseraient faire. Une rhinoplastie, pour eux, c'était comme essayer un nouveau traitement. On finira par atteindre ce stade du mal où tout se vaut, où tout est possible, on abandonnera leur rationalité, leur médecine, l'imaginaire du soin en roue libre. Un peu comme si Roger, le petit ami de mamie, dans les derniers temps de son cancer, avait décidé de sucer de la moelle d'os de requin ou de se plonger le zguègue dans du lait d'aloe vera. Juste pour essayer.

Mamie. Mentalement lui dire merci pour tout son fric. Les 9 000 balles sur mon compte épargne jeune. J'ai dû les faire migrer sur le courant, après l'appel de la conseillère. Apparemment j'avais plus l'âge légal d'être jeune. Quand même. 9 000 euros. La masse sur mon compte. J'ai réfléchi vite fait bien fait : soit je les utilise pour moi maintenant ; soit, je me connais, je vais tout dépenser, faire de la merde, mais violent.

Tout à l'heure, la femme m'a retiré le pansement avec des gestes doux, et je n'ai pas l'habitude qu'on le soit autant avec moi en entier, alors juste avec une partie de mon visage et en plus avec celle qui avant était la pire, ça m'a émue.

« Après j'irai promener ma beauté au grand air », j'ai pensé pour éviter de chialer.

Son premier tour. Sa première sortie. Les jardins de la Fontaine. Faut se laisser descendre le long du faubourg Gambetta, dépasser le square Antonin et longer la flotte jusqu'au grand portail. Quitter mes terres, pénétrer le territoire de la *famiglia*. Je le fais rarement. Pourtant j'aime l'idée de flirter avec leurs rues, leurs endroits. Me dire : et si je les rencontrais ?

Pendant toute l'enfance, les jardins de la Fontaine, c'était la sortie *number one*. Les mercredis après-midi, on nous y traînait comme des automates, Gab et moi. Elles se relayaient, maman, mamie, pour la corvée. Quelquefois, elles étaient deux à nous sortir. Maman aurait sans doute aimé être ailleurs, sans que je comprenne exactement où. Mais mamie, elle supportait bien. On montait et descendait les escaliers à l'infini, on jouait à se perdre dans le temple de Diane, on voulait plonger la main jusqu'au coude dans l'eau des bassins. Pendant ce temps, mamie matait les promeneurs, leur envoyait des sourires de gagneuse. Elle attendait des compliments sur ses deux enfants avant de se replacer dans la généalogie, les corriger : « Oh là non, je suis la grand-mère, pas la maman. »

Pour moi, très tôt, les sorties la Fontaine, c'est devenu le jeu de « tout nu », un jeu qui se joue à une seule. J'imaginais tout le monde désapé pareil. Peut-être que j'étais une grande perverse. Ou alors c'était autre chose.

Habillés, je les trouvais faux. Nus, plus justes. Plus dans la vérité. C'est dur de rester dans la vérité, de s'y accrocher.

C'est la hauteur de l'événement qui me fait voir comme ça tout le décor en refait, tout en plus beau ? Où que je tourne la tête, des palmiers passés à l'antistatique, le blanc du gravier éclatant sous mes pas, l'eau tirée comme une toile cirée pour étendre un max de reflets.

Plusieurs mois sans y aller. Combien ? Appréhension intacte, chaque fois renouvelée : celle de les y croiser. Séparément ou en troupe. Maintenant que mamie est dans un Ehpad, ça m'étonnerait. Resterait ma mère et ma sœur… Ma sœur, c'est moins probable. Est-ce qu'elle s'aventurerait jusqu'ici ? Au téléphone parfois, j'ai l'impression d'entendre son quotidien se réduire autour d'elle, les murs se rapprochent, bientôt le crépi la léchera, les vitres lui éclateront le crâne jusqu'à plus rien. Il n'y aura plus qu'à la rouler dans un tapis de bain, et hop. Je m'inquiète pour Gab, pour sa santé mentale, et d'ici j'encaisse le rire des psychiatres. À condamner le monde à vivre d'une façon unique. « Elle est foutue, votre sœur, à vivre comme un insecte sous verre, à vivre comme une mite sous cloche. Vous en avez croisé beaucoup, vous, des mites, aux jardins de la Fontaine ? Non, Gloire, non. »

Une petite ville comme Nîmes. Pourquoi je reste ? Impossible de m'éloigner. Cette ville, mon foyer, comme nous toutes, m'aimante. Je n'ai connu que ça. Je n'ai connu qu'elle. Je ne reste pas pour la ville, mais pour qui elle contient. Cette famille. Même de loin, les entendre et parfois avoir l'impression de les croiser, et le sentiment bouillie qui s'ensuit. Les deux premières années surtout, quand j'ai quitté la maison. C'était du radical-mou, du radical-doux, les quitter, m'en défaire, mais ne jamais partir assez loin pour ne plus rien sentir. Comme ces frayeurs qu'on se fait enfant, à se faire croire à soi-même qu'on a perdu de vue maman et mamie au coin d'une allée, au détour d'une travée d'eau. Mais bien sûr qu'elles sont là. Elles sont là.

Quand on ne veut croiser personne, on croise des fantômes de nos peurs. Comme là, devant moi. Je vois deux petites filles courir. « Galoper », dirait mamie. Elles courent vers deux femmes qui continuent d'avancer, deux femmes adultes qui les ignorent, absorbées par leur conversation, la promenade, ce soleil baume au cœur. Les deux femmes se ressemblent. Sans doute leur mère et leur grand-mère. Elles semblent courber l'échine. Pourtant, si je regarde plus attentivement leurs épaules à angle aigu, les mouvements de leurs poignets, vifs et malins, je sais que ce n'est qu'une apparente docilité. C'est moins simple. C'est moins évident qu'il n'y paraît.

Je me suis trompée : c'est une fille et son petit frère. Ce n'est pas une image de nous.

Ce n'est pas une image du passé. Quatre femmes avancent, occupent leur mercredi après-midi comme elles peuvent de cercles répétitifs, on peut marcher et oublier, on peut marcher et rester contenues à l'infini dans un espace enfermé par les grilles les plus belles qui soient, avec dorures qui claquent.

Ça devrait fonctionner comme dans un conte, une fois quitté le jardin, une fois franchie l'entrée principale, j'abandonnerais des formes vides. Une dernière fois, je me retournerais et je verrais leurs silhouettes découpées net perdre soudain plusieurs dimensions, s'aplatir, et leur peau, devenue simple revêtement, se plier sur elle-même, tomber au sol, aspirée par le gravier, disparaître.

Disparues.

Vide de mère, vide de mamie, vide de sœur. Vide de moi aussi peut-être. C'est peut-être plus sûr de n'être d'abord plus rien pour me laisser une chance d'être quelque chose.

Je n'ose pas toucher mon nez. Si je le touche, même doucement, de haut en bas, si j'en caresse l'arête, j'ai peur que le sort s'annule. Et que celui d'avant, sur le retour, fasse son come-back, magistral à sa manière. Je ne veux pas de lui.

Je me sens vivante. J'inspire fort et j'avance. Les gravillons pétillent. Je ne respire plus et j'avance. Quelques pas en apnée. Juste pour voir. Les gravillons pétillent encore. Je suis vivante et peut-être un peu neuve.

Bien sûr, j'ai cru que je marcherais au hasard, mais je sais où je vais. Du côté de la pelouse des cygnes. Sur le banc qui jouxte le kiosque aux glaces, elle y sera forcément, la dame-homme.

Déjà enfant, je la trouvais canon, trop trop canon. Dans mon souvenir, elle est énorme, avec des maxi-seins, et ses habits sont toujours rouges et très chargés. Ceinturés, boutonnés, des poches, des épaulettes, des volants. Talons rouges, le coup de pied légèrement gonflé. Entre ses deux seins, des bijoux lourds et pas assortis qui pendouillent. Ses oreilles géantes, le lobe allongé par des perles de la taille d'un ovaire. Des cheveux en grandes boucles délavées, tenus fous sous un béret rouge. Et tout ce maquillage. Ça déborde de partout. La merveille. Un fond de teint blanc bien opaque sur l'ensemble du visage. Un rouge viande qui s'échappe de ses lèvres et les redessine en triple. Sur les yeux, le fard à paupières en culot d'ampoule.

Pommettes tombantes. Lèvres en trait de coupe. Menton galoche. Sourcils dégarnis. Aucune importance. Elle accentue, elle amplifie, elle triche, et c'est beau de la voir exagérer.

La première fois que je l'ai vue, assise sur son banc, son sac à main assis à côté d'elle comme un vieux copain, ses pieds ne touchaient pas le sol, elle balançait les jambes très lentement dans le vide.

Quel âge j'avais ?

Je demande : « C'est qui ? »

On me répond : « On dit pas *c'est qui*, on dit *qui est-ce* ! »

On me répond : « On ne sait pas. »

« Et c'est une dame ou un homme ?

— On ne sait pas non plus. »

Plus tard, comme j'insiste, on me livre des hypothèses.

« On ne sait pas. Mais sans doute un homme, mais qui préfère s'habiller comme une dame. »

Mamie dit que c'est ce qu'on appelle « un original », et maman doit tousser – sa manière de hausser les yeux au ciel.

Gab l'aurait pas remarquée, la dame-homme. Elle aurait remarqué personne, ma grande sœur. Déjà elle était dans sa grotte mentale, à se préoccuper seulement de donner à manger aux cygnes, piétinant la pelouse le plus près possible du panneau *IL EST INTERDIT DE NOURRIR LES ANIMAUX*. Pas pour faire chier son monde, je pense, mais parce que, justement, elle était retenue, dans son monde à elle. Elle semblait toujours fascinée par le sac plastique qu'elle se trimballait avec le pain sec d'une semaine agglutiné dedans. Je la voyais soupeser son trésor et sourire. Le sac lourd qui deviendrait bientôt léger comme une angoisse d'après-midi. Pas plus intéressée que ça par les oiseaux, ma sœur, pourtant excités à mort, eux, à sortir du bassin pour attendre, bien au sec sur la pelouse, qu'elle lâche du quignon.

Trop habillée, trop maquillée, personne qui sait qui c'est. La dame-homme. Même habillée, elle est juste. Elle me réconcilie avec la vérité. Chaque mercredi, elle était là, toujours toute seule sur son banc. À regarder les comme nous passer. Déguisée. Vulgaire. Je l'aime trop trop. J'aimerais avoir le droit de rester le plus longtemps possible, que maman, mamie et Gab continuent sans moi leur tour, qu'elles saluent de ma part leurs bassins nuls, les statues pourries et les pigeons miteux.

Je voulais rester, et la regarder pour toujours.

« Les gamines, on va côté manège ou côté cygnes ? »

Je hurle : « CYGNES ! » Gabrielle est trop trop contente. Elle pense à son pain bien dur, au sac en plastique qu'elle a le droit de porter, elle, lanières au coude, à le balancer doucement au rythme de sa marche. Moi aussi, je vais pouvoir voir mon trésor. Mon trésor.

À force de répétition, on finit par me repérer. Je nous fais choisir sa proximité.

Mamie dit que c'est malpoli de dévisager les gens parce qu'ils sont différents, vu qu'on l'est nous aussi. Maman corrige que c'est malpoli tout court.

Un jour de promenade comme les autres, elle finit par m'adresser un clin d'œil, la dame-homme. Sa façon à elle de me saluer. D'abord je n'ose pas le lui rendre. Je rentre la tête. Les fois suivantes, je la garde haute. Ma façon à moi de la remercier.

J'arrive aux cygnes. Ça sieste sur une pelouse éparse. Je presse un peu le pas. L'air fouette, un mélange de duvet, merde et herbe fauchée, et puis les bestioles elles-mêmes, moins nombreuses avec les années. Le kiosque est toujours là. Barbes à papa, gaufres, Magnum.

Sa tôle noire et luisante comme un miroir. Ma destination.

Mais pas pour tout de suite. Avant ça, encore une étape.

Elle est là. Sur le même banc. Son sac comme un ami à côté d'elle. Dame-homme. Ouais, elle est toujours là. Vissée sur son banc toute seule. Tout est encore plus beau que dans mon souvenir, pas du tout décevant. Ses seins se sont épanouis, et le rouge éclatant sur ses vêtements et ses lèvres a débordé dans ses cheveux. Son emplâtre sur la gueule a gagné en épaisseur avec le temps, le blanc s'étale en une couche si généreuse, si homogène. Elle a taillé ses sourcils en arc de triomphe. Son mascara a coulé et dessiné des éventails à l'endroit où, moi, j'ai simplement des cernes. Elle est tellement belle.

Je me plante devant elle. Je lui envoie comme ça un grand, un très grand sourire. Elle tourne la tête dans ma direction, puis la détourne de moi. Ne m'adresse aucun signe. Comme j'insiste, elle agrippe son sac, fait mine d'y chercher quelque chose.

J'avais raison. C'est trop trop bien. Trop trop parfait. Elle ne m'a pas reconnue. Dame-homme. Mon étalon de la vérité. Mon étalon du changement.

Et si elle ne m'a pas reconnue, c'est parce que je suis toute neuve. Ouais. C'est parce que je suis nouvelle. Je suis nouvelle, toute neuve. J'ai droit à une vie différente. Clair que tout va changer pour moi.

Avec un nez pareil.

À quelques pas d'elle, de son banc, dans l'aluminium du kiosque à glaces, j'aperçois mon reflet.

Olivier Espaze,
Karine Lanini,
Jean-Marie Laclavetine,
Marie Eugène,
merci.

DANS LA MÊME COLLECTION

Marie Aline, *Les Bouffeurs anonymes*
Louise Browaeys, *La Dislocation*
Louise Browaeys, *Fais battre ton tambour*
Agnès de Clairville, *La poupée qui fait oui*
Agnès de Clairville, *Corps de ferme*
Gringe, *Ensemble, on aboie en silence*
Émilie Guillaumin, *L'Embuscade*
Émilie Guillaumin, *Petites dents, grands crocs*
Carine Hazan, *jean-jacques*
Aurélie Jeannin, *Préférer l'hiver*
Aurélie Jeannin, *Les Bordes*
Claire Jéhanno, *La Jurée*
Anne de Kinkelin, *12 bis, avenue du Maréchal-Joffre*
Anne de Kinkelin, *La Sourde Oreille*
Nicolas Laquerrière, *Nueve Cuatro*
Agathe Lemaitre, *Le Livre de Liane*
Nicolas Maleski, *La Science de l'esquive*
Nicolas Maleski, *La Force décuplée des perdants*
Mathias Malzieu (dirigé par), *Ô merveilleux de l'enfance*
Sophie Pointurier, *La Femme périphérique*
Sophie Pointurier, *Femme portant un fusil*
Sophie Reungeot, *Le Bruit des avions*
Constance Rutherford, *Vierge*
Matthieu Seel, *Rien ne dure vraiment longtemps*
Constance Trautsolt, *Pour la peau de Shirley Page*
Frédérique Voruz, *Lalalangue (prenez et mangez-en tous)*

Édité par HarperCollins France.

Composition et mise en pages
Nord Compo à Villeneuve-d'Ascq

Achevé d'imprimer en février 2024.

CPI
FIRMIN-DIDOT

à Mesnil-sur-l'Estrée (Eure)

Dépôt légal : mars 2024.

Pour limiter l'empreinte environnementale de ses livres, HarperCollins France s'engage à n'utiliser que du papier fabriqué à partir de bois provenant de forêts gérées durablement et de manière responsable.

Imprimé en France